和谐校园文化建设读本

感悟心灵

谢林岐 / 编写

吉林教育出版社

图书在版编目(CIP)数据

感悟心灵 / 谢林岐编写. — 长春：吉林教育出版
社，2012.6（2023.2重印）
（和谐校园文化建设读本）
ISBN 978 - 7 - 5383 - 8825 - 1

Ⅰ. ①感… Ⅱ. ①谢… Ⅲ. ①故事－作品集－世界
Ⅳ. ① I14

中国版本图书馆 CIP 数据核字（2012）第 116286 号

感悟心灵
GANWU XINLING

谢林岐　编写

策划编辑　刘 军　　潘宏竹
责任编辑　刘桂琴　　　　　　　　　装帧设计　王洪义
出版　吉林教育出版社（长春市同志街 1991 号　邮编 130021）
发行　吉林教育出版社
印刷　北京一鑫印务有限责任公司

开本　710 毫米×1000 毫米　1/16　　印张　8.5　　字数　108千字
版次　2012 年 6 月第 1 版　　印次　2023 年 2 月第 2 次印刷
书号　ISBN 978 - 7 - 5383 - 8825 - 1
定价　39.80 元

编　委　会

主　　编：王世斌

执行主编：王保华

编委会成员：尹英俊　尹曾花　付晓霞

　　　　　　刘　军　刘桂琴　刘　静

　　　　　　张　瑜　庞　博　姜　磊

　　　　　　潘宏竹

　　　　　　（按姓氏笔画排序）

总 序

千秋基业，教育为本；源浚流畅，本固枝荣。

什么是校园文化？所谓"文化"是人类所创造的精神财富的总和，如文学、艺术、教育、科学等。而"校园文化"是人类所创造的一切精神财富在校园中的集中体现。"和谐校园文化建设"，贵在和谐，重在建设。

建设和谐的校园文化，就是要改变僵化死板的教学模式，要引导学生走出教室，走进自然，了解社会，感悟人生，逐步读懂人生、自然、社会这三本大书。

深化教育改革，加快教育发展，构建和谐校园文化，"路漫漫其修远兮"，奋斗正未有穷期。和谐校园文化建设的研究课题重大，意义重要，内涵丰富，是教育工作的一个永恒主题。和谐校园文化建设的实施方向正确，重点突出，是教育思想的根本转变和教育运行机制的全面更新。

我们出版的这套《和谐校园文化建设读本》，既有理论上的阐释，又有实践中的总结；既有学科领域的有益探索，又有教学管理方面的经验提炼；既有声情并茂的童年感悟；又有惟妙惟肖的机智幽默；既有古代哲人的至理名言，又有现代大师的谆谆教诲；既有自然科学各个领域的有趣知识；又有社会科学各个方面的启迪与感悟。笔触所及，涵盖了家庭教育、学校教育和社会教育的各个侧面以及教育教学工作的各个环节，全书立意深邃，观念新异，内容翔实，切合实际。

我们深信：广大中小学师生经过不平凡的奋斗历程，必将沐浴着时代的春风，吸吮着改革的甘露，认真地总结过去，正确地审视现在，科学地规划未来，以崭新的姿态向和谐校园文化建设的更高目标迈进。

让和谐校园文化之花灿然怒放！

本书编委会

目 录

接一缕阳光入掌

◆文/纤手破新橙

阳光洒进了她们的手心里,一缕一缕都是七彩的。

老师分座位时,别人似乎都躲着晓萍。

晓萍下意识地低了低头,不愿意让人看到她眼里的泪。她知道同学们是嫌她身上总有股花椒大料味。谁让她家是开熟食店的呢,那种味道是洗也洗不掉的。

老师很为难,因为班级里的人数是偶数。必须有个人和晓萍同桌。老师第二遍说"谁愿意和晓萍同桌"时,柳柳把手举了起来。

后面的男生们一阵起哄,"到底是班长,觉悟高啊!"班里的"首席机关枪"关强适时地来了一句。晓萍有些如释重负,又有些愤愤不平,"干吗要你显积极呀?又想得到老师的表扬吧?"果然,老师的脸上就像开了一朵花,"柳柳,还是你支持老师的工作。"

柳柳拿着书包坐到晓萍身边时,冲她笑了笑。晓萍哼了一声,心想:伪君子,我可不领你的情。

日子还得照常过。柳柳还不错,从来不捂鼻子。晓萍犯了寻思:会不会柳柳得了鼻炎鼻子不好使了呀!这可倒是便宜了她呢。不行,得想法试试她。

那天,晓萍妈妈种的香水月季开了一朵粉红色的花。

晓萍眼珠一转,主意有了。

她对妈妈说:"妈,这朵花送我吧,我要送我同桌。"晓萍的脸阴了好多天了,妈妈看女儿脸上有了笑容,别说是一朵花,就是让她立刻变成一朵花,她也会答应的。

晓萍把那朵月季花藏进了书包里,早上柳柳一来,就皱了皱鼻子说:"什么东西这么香啊?"晓萍不好意思了,原来柳柳的鼻子没问题。

她抽出了那朵花,脸红红地说:"送你的!"柳柳开心得像个孩子,"真的呀?"晓萍也开心了起来。

那一刻她决定不管柳柳是什么原因和她同桌,她都决定接受她了。没有朋友的滋味太难受了。"柳柳,其实我每天都要洗澡的,而且每天都要洗好多次手和脸,可是……"柳柳笑了,拍拍晓萍的头,像个大姐姐:"傻丫头,每天白白地闻肉味,我都馋死了呢!"晓萍笑了,"这好说,你想吃什么,上我家,管你吃个够!"

柳柳是个快乐的女孩子,做什么事都特别有信心的样子。这快乐也渐渐地感染了晓萍,晓萍不再封闭自己了。

班里要选一个"五好"标兵,最后选上了柳柳,理由不说大家也知道,她选择和晓萍同桌,解决了大家的难题嘛。晓萍心里那个解开的疙瘩又结上了。放学时,晓萍破例没等柳柳。

柳柳追了上来:"晓萍,怎么不等我啊!"晓萍冷着脸,"柳柳,你的目的达到了,不用再演戏了! 明天我就跟老师说去,和你分开! 你放心,我会说这是我的主意! 不影响你进步!"说完,晓萍头也不回就走了。

树荫里,柳柳孤单的影子被拉得很长很长。

第二天,晓萍来到学校时,柳柳眼睛红红地已经坐在座位上了。晓萍的心像被什么东西蜇了一下,她轻轻地说:"柳柳,对不起!"柳柳推过来一封信。

晓萍打开信,字迹很陌生:

晓萍:

你好!

我是柳柳的妈妈。虽然我们没见过面,但我知道你和柳柳的故事。

柳柳说,你挺自卑的。我知道那是什么滋味。

我小时候也被别人歧视，我是有狐臭的。那是一种很令人讨厌的病。没人愿意和我同桌。一直到高中毕业，我都是一个人用一张桌的。所以柳柳回来说了你的事后，我说："柳柳，你可以接受妈妈，那么你可以接受一个孤单的女孩子做朋友吗？"柳柳很认真地点了点头。很幸运，你们成了朋友。她不是那种城府深的女孩子。如果因为这件事伤害了你，柳柳真的是无心的。

最后，我希望你也能敞开胸怀，迎接阳光入掌，你会发现这世界会很美的。希望你和柳柳仍然是朋友，有空来家里玩吧！

晓萍的泪一滴滴地落了下来。早晨的阳光洒满了整个教室，柳柳伸出手，晓萍也伸出手，阳光洒进了她们的手心里，一缕一缕都是七彩的。

那个早晨，她们把阳光接进了心里。

梯　子

◆文/托马斯·沃特曼　译/龙　婧

即使是别人的话，有时也可以信的。

年轻的父亲狄恩和他九岁的儿子杰克一起在后花园放风筝。突然，墙头上的野花把风筝紧紧地缠住了。

于是，狄恩拿来一架梯子，刚要爬上去。杰克说："爸爸，让我来吧！"狄恩看了看他九岁的儿子，想了想说："也好，就让你来吧。"

杰克如猴子一般地爬到梯子的最后一级。他转过头来嘻嘻地笑，

他的笑声像是用早晨的牵牛花吹出来的似的。

解开了绕在野花上的风筝线，杰克正要下来，狄恩制止了他，"慢着。"

杰克愣住了，望着狄恩，问："怎么啦？"

狄恩说："我先讲个故事给你听，你再下来。"

于是杰克笑得更开心了，他一手抓住梯子，一手拿着风筝，等狄恩讲故事。父亲讲的故事，总是很好听的。

狄恩说："从前有个爸爸告诉他那站在一架很高很高的梯子上的儿子说：'你跳下来，爸爸一定会在下面把你抱住。'"

"听见爸爸这么说，儿子很放心，就像在游泳时跳进水里去一样，纵身一跳。哪里知道，当儿子就要投进爸爸的怀抱里的前一秒钟，爸爸的身体一闪。儿子扑了空，掉在地上。儿子哭哭啼啼地站起身来，问爸爸为什么要骗他。爸爸说：'我要给你一个教训，连你爸爸的话都靠不住，别人说的话更不必了。'"

停了一会儿，狄恩继续说："我们照着做一次，好不好？"

杰克一听，脸都变白了。

狄恩说："不要怕，勇敢一点，只要做那么一次就行了，我要你留下深刻的印象。免得你以后长大了，容易上人家的当。"

然而杰克还是不敢，他站在那儿，动也不敢动。

狄恩开始发号施令了："听着啊，我喊'一、二、三'，喊到'三'的时候你就跳下来，然后我就把手伸出去假装要接住你，再把手缩回来，让你跌一个屁滚尿流。"

咬紧牙关，忍着泪，杰克从梯子上跳下来了。他等待着自己的身体像一个南瓜"噗"的一声，摔得支离破碎……

然而，好奇怪。狄恩的手竟然没有缩回去，他的身体也没移开。他把掉到手中的儿子，结结实实地抱住了。

杰克虽然没有受伤，但是他的神情比刚才还要疑惑。他问："爸爸，你为什么骗我？"

狄恩笑出声来，说："爸爸要让你知道，即使是别人的话，有时也可以信的。何况是爸爸的话呢？"

爱如白纸

◆文/佚　名

爱如白纸，我们注意的应该是整张的白纸，而不应是上面的一些黑点。

有一位结婚不久的女子，她回到娘家总爱在父母面前诉说丈夫的不是，历数他的缺点。

父亲听了不以为然，他拿出一张白纸，在上面画了一个点，然后他拿着纸问女儿："你看上面是什么？"

女儿不假思索地说："黑点。"

父亲再问，女儿又说："是黑点啊。"

父亲说道："难道除了黑点，你就看不到这一大块白纸吗？"

女儿听了若有所思，她明白了。从此以后，她不再在爹娘面前数落自己的丈夫，两口子的感情也比以前好多了。

爱如白纸，我们注意的应该是整张的白纸，而不应是上面的一些黑点。夫妻之间是这样，同事、朋友之间也是如此。

每个人都是一根蜡烛

◆文/姜钦峰

　　每个人都是一根蜡烛，既然你被点燃了，就应该去点燃更多的人。

　　在郊区的一家小工厂里，我见到了那名女大学生，半年前她刚从大学毕业。来采访之前，我多少了解一些她的情况。

　　她的家境原本不错，父亲的生意做得风生水起。可是，当她念到大二时，忽然家道中落，因为父亲生意失败，欠下了一大笔债务，再也无力供她念书。面临休学的窘境，她想到了去申请助学金。那是一位企业家捐资建立的助学基金。几年前，企业家找到当地一家报社，提出愿意每年拿出一百万元，用以资助贫困大学生，并委托报社操作此事。企业家还有一个心愿，如果受助的学生毕业后经济状况好转了，希望他们能归还这笔钱，用于继续资助其他贫困学生，把爱心传递下去。

　　她顺利申请到了助学金，每月可以领到四百块钱。为此，她和基金会签了一份特殊的"道义契约"，大致内容是：她承诺把这笔钱用于勤俭求学，如果将来有条件的话，就把这笔钱还回去，用于帮助更多的人。在协议书的最后，还有一条特别声明："本协议不具备法律效力。"

　　也就是说，受助学生将来是否履约全凭良心，即使不还钱也没有法律责任。

有了这笔助学金,她的学业得以继续。大学毕业后,她找到了现在这份工作,但是初始月薪只有 800 元,相对目前的城市消费水准,她的生活状况不难想象。可即便如此,她每月依然从微薄的工资中拿出大部分钱归还助学金,成了还款最快的受助大学生。为了还款,她每天的生活费保持在五块钱以内——早上只吃两个馒头,中午和晚上在食堂吃青菜和大米饭,每顿一块钱,还有交通费两块钱。可想而知,她还款的钱都是从牙缝里挤出来的。

看着眼前这个衣着朴素、面容清瘦的女孩儿,我的心有点沉重。我极力想避免触及某些沉重的话题,于是跟她开起玩笑:"别的女孩子为了减肥,大多不吃早餐,而你每天早上竟吃两个馒头,真能吃啊。"我当然明白,如果一日三餐吃得太素,人的食量会大增。她忽然感觉有点不好意思:"其实,每天上午不到 11 点,我的肚子就开始咕咕作响了。"

说完她自己先笑了,双眸澄澈如水,有些腼腆。

采访快要结束时,我问她:"以你现在的条件,完全可以暂时不还款,再说也没人要求你马上还钱啊,究竟是什么信念支持你这样做?"

她忽然止住了笑,十个手指绞在一起,似乎感觉有些意外:"饿一下又不会死人。"她的语调不高,轻轻地,表情依然平静。我一下子哽咽了,目光不敢与她对视,扭过头偷偷地擦了擦眼睛。

我不敢想当然地为她设计什么豪言壮语,那是对一颗纯洁心灵最无耻的亵渎,可是,这句话我一辈子都忘不了,"饿一下又不会死人",朴实无华,却足以撼人心魄。在她看来,爱是不需要理由的。因为,在她最需要帮助的时候,有一个陌生人向她伸出了援助之手,同样不需要任何理由。想必,那位企业家可以欣慰了。

每个人都是一根蜡烛,既然你被点燃了,就应该去点燃更多的人;你点燃了更多的人,自己并不会燃烧得更快,世界却因此变得更加光明。为什么不呢?

哑哥哥的担当

◆文/杨金凤

　　在场的人恍然大悟：原来，哑巴哥哥并不是丢下妹妹跑了，而是回家给妹妹准备好手术后的一切。他以为把自己的肾换给妹妹，自己就要死了。

　　病房里有个患尿毒症的乡下女孩，名叫小小。陪她来的哥哥是个哑巴，整天挂着一张笑脸。女孩的命很苦，自小失去父母，是哥哥一手把她拉扯大的。家里钱都花光了，哥哥不肯看着妹妹在家等死，用自己做的小木车，一路风餐露宿，推着妹妹来到省城大医院。

　　医生被他们的兄妹真情感动，院方研究决定免费为女孩做换肾手术。这捐肾人，自然就是她的哑巴哥哥。

　　医生带哑巴哥哥去做配型检查，一切都很顺利，手术时间也迅速确定下来。

　　医生把哑巴哥哥带到办公室，比划着告诉他，要把他的肾换到妹妹身体里。打了半天手势，说得满头大汗，哑巴哥哥这才明白是咋回事。顿时，他脸上的笑容僵住了，吃惊地望着医生。

　　医生看了看他的脸色，跟他解释道："把你的肾换给妹妹，你妹妹就能活；不换，你妹妹很快就要死了。"

　　哑巴哥哥一脸沉重地低下脑袋，有些犹豫。好一会儿，他才抬起头，朝医生重重地点了点头。医生高兴地拍拍他的肩膀，让他回去等。

　　没想到，当天下午，哑巴哥哥就失踪了。

　　医生问小小："你哥哥到底去哪儿了？走的时候，跟你说什么了吗？"

小小说："他告诉我，要回家一趟。"

医生心里"咯噔"一下，想起跟哑巴哥哥说换肾的时候，他的脸色不好看。医生不禁皱起眉头："马上就要进行手术了，他还跑回家干什么？"

一切都准备妥当，就等着这个肾源了，可关键时刻，他居然失踪了，而病人的病又拖不起，这可把医生急坏了。

又过了一天，哑巴哥哥还是没有出现。整个医院的医生护士知道了这件事，大家虽然嘴上不说，心里都猜到了，哑巴哥哥一定是跑了，过去，医院也常发生这样的事。

由于担心小小受不了这个打击，医生和护士都没有在她面前问起哥哥。尽管这样，小小从大家的脸上也看出来了，脸上再也看不见笑容，整天只是默默地流泪。

手术时间很快就到了，这时，一个人急匆匆地冲进病房。一看，居然是失踪多日的哑巴哥哥。

小小见到哥哥，惊喜交加，迫不及待地向哥哥打着手势问话。哑巴哥哥嘴里哇哇叫着，也比画着向妹妹打起手势。

小小怔了怔，又飞快地用手语打出一句话。就这样，兄妹俩用只有他们能懂的手语交流起来。过了一会儿，妹妹突然泪如雨下，扑到床上痛哭不止。

在场的人都糊涂了："这到底是咋回事？"不过，有一点是肯定的，手术还得推迟。

医生疑惑地问小小："大家都想知道，刚才，你和哥哥到底在说什么？"

小小抹了把眼泪，哽咽着说："我问哥哥回家干什么，医院免费给咱做手术呢。哥哥说他知道，他这几天，把家里的地都种下了庄稼。怕我做手术后干不了活，劈了一天的柴，可以烧半年；还有，水缸里也挑满水了。"

医生惊讶地问："你哥为什么这样做？"

小小脸上又是笑又是泪,说道:"我也是这样问哥哥,哥哥说,医生要把他的肾换给我。哥哥还说,等做完手术,就把他在城里火化,包点骨灰回去就好了,拉回去要花很多钱的。"

在场的人恍然大悟:原来,哑巴哥哥并不是丢下妹妹跑了,而是回家给妹妹准备好手术后的一切。他以为把自己的肾换给妹妹,自己就要死了。

"蹲下"看孩子

◆文/刘 冰

用孩子的眼光看世界,才能真正了解孩子。

有一位年轻的爸爸,他的女儿今年3岁。每次他领女儿逛商店,女儿总是哭着闹着不愿进。这位年轻的爸爸百思不得其解:商店里的商品五花八门、琳琅满目,让人目不暇接,小孩子为什么不爱来呢?

终于,他发现了其中的奥秘。

一天,他领孩子在商店熙熙攘攘的人群中挤来挤去,女儿的鞋带开了。他蹲下身来,给孩子系鞋带。就在这一瞬间,他忽然发现,眼前是多么可怕的情景:矮小的孩子,没有柜台高,她的眼中,根本就看不到琳琅满目的商品,而是大人们的一条条大腿和一双双大手。那一只只来回摆动的胳膊,一个个带棱见角的背包,随时都可能磕破孩子的小脸和弱小的身体。

"别说孩子,我都不想再待下去了。"这位爸爸激动地说。

这件小事给我们很大的启示:当家长的要想被孩子接受,应该找准自己的位置。要蹲下身,和孩子站在同一视线上交谈,了解他们的思想,用孩子的眼光看世界,才能真正了解孩子。

刘教授和他的女儿

◆文/蔡 赋

一个经济学教授,用智慧培养女儿的劳动意识。

上个月,为集资安装宿舍楼宽带网,我上门找隔壁的刘教授。我刚坐定,就见他的女儿可可用碟子给我端来一个已经削皮的苹果。

才七八岁的孩子,居然会削苹果,而且这么温文尔雅地送到客人面前,真难得。我连声夸奖她懂礼貌,会干活。她抿着小嘴笑着,回头问她的爸爸道:"爸爸,早上买面包和现在削苹果,一共2元,给我吧。"

我暗暗吃惊,怎么这小孩做点家务就要钱?刘教授笑了笑解释说,这是他为女儿参加劳动而订的家规,已经实行一年多了。他说这样做,既可培养女儿的劳动积极性,同时也能培养她的商业意识,更重要的是可以让她懂得劳动创造财富的道理。他说:"现在是市场经济,商业意识越强越好,要让她知道不干活就没得吃,没得穿。"

我笑问可可做家务赚了多少钱。她含羞带笑地说,大约得了850元,接着就一一告诉我,洗一次碗2元,倒一次垃圾1元,扫地2元,拖地3

元,晾衣服 2 元,买面包 1 元……都是当天兑现。刘教授接着说,她劳动所得的钱都由她保管,由她开支——当然,要事先报批。说到这里,可可抢着说:"春节到桂林旅游,我自己出了 600 元,不够的,才由爸爸贴。"

我听了连连点头赞叹,想起自己的儿子,16 岁了,连每天洗脸的毛巾、热水还要大人准备,很是感慨。

临别,可可对我说:"蔡叔叔,你家的垃圾,以后都由我来倒,价钱跟我家一样,好不好?"见我犹豫,她又补充说:"每晚 7 点半,我准时到你家,好吗?"

我握着她的小手笑道:"不愧是经济学教授的女儿,真有商业头脑呀。"

第二天晚上,我正在看电视,听到有人敲门,起身一看,是可可。我开门问她做什么,她说:"倒垃圾呀。叔叔,你怎么忘了?"啊,我恍然大悟,不禁笑道:"我昨晚好像没答应你吧?"老实说,我不想让她倒,不是心疼那几个钱,而是怕人家误会,自己为了清闲而让人家七八岁的女孩儿当童工。

"我昨天说的时候,你没有说不同意吧。我爸爸说,你当时笑呵呵的,这就意味着同意啦。"

"这么说,你爸爸也同意?"

"当然同意,他还要到另外 4 家问问,要我把咱们这层楼 6 户人家的垃圾都包起来呢。"

我让她进屋后问:"这么做是不是太辛苦?会不会影响学习呀?"

她说:"我爸说过了,倒 6 家的垃圾,也就那么 20 分钟左右,不会影响学习。如果这样,我一天大约就有 9 元的收入。"她刚说到这里,只见刘教授进来接着说:"三九二十七,一个月就是 270 元。270 元意味着什么呢?可以买 130 多斤大米。别小看呀,几十年前,在我的家乡海南农村,130斤大米就是一个人半年的口粮啊!"

根雕眼镜

◆文/贺　伟

它不是一副眼镜,而是我感恩的心……

我从邮局取回一个邮包。那是我的一个搞雕塑的学生寄来的,里面放着一副由树根雕成的眼镜,非常精美。我心中一动——这么多年了,他还记着那件事?

那是二十年前,我在一个小城市的中学任教。他来自农村,在学校住读。高一时他的成绩在班上遥遥领先,可到了高二下学期,他的成绩却下降了不少。这让我觉得很奇怪,因为这个孩子虽然来自农村,却自尊自强,学习非常努力,从不肯落在别人后面。我试着找他谈了几次话,想问出原因,可他总是低着头,红着脸,嗫嚅着不肯说什么。

后来我问了一位和他很要好的同学,才知道他最近一段时间总是看不清黑板上的字。他曾去医院检查了一下视力,居然两眼都近视到四百度了。

我思虑了几天。他家中比较贫困,显然他是不忍心向父母开口要钱配眼镜。我拿钱给他配一副眼镜其实并不难,但让这个自尊心很强的孩子接受却不是件容易的事。他对别人的同情怜悯一向特别敏感,稍有不慎,便会使他的心灵受到伤害。

一周后的一个星期天,我约他到我寝室来,说要给他补习一下古文。我认真地为他讲了一会儿,便起身假装到书架上找资料,顺便碰掉了那副早已准备好的眼镜,然后漫不经心地说:"哎,我这儿东西太多了,乱七八糟的,好多以前的东西还堆在这儿呢。"看到他正抬头望着我,我便说:

"哦，你看，这是我几年前配的眼镜，一直没戴，结果现在都不合适了。你戴上试试，让老师看看好不好看！"说着，我把眼镜递给了他，又回过身继续在书架上找东西。

再回头，他已经戴上了眼镜，正在翻我的教学辅导书。

"不错啊，很像个大学者哦！感觉怎么样？"

"我觉得……挺清楚的。"

"那太好了，你正好戴着它吧，连眼镜盒也拿去吧，省得放在这儿占地方。"我心中一阵暗喜。

"老师，我……"

"怎么？嫌我的眼镜不好啊？"我假装有些生气地说，"都没怎么戴过，你看，还挺新的呢。"

"没，没有。"他红了一下脸，不再做声了。

后来，他的成绩又如同以前一样优秀了。他顺利地考上了一所名牌大学，如今已是著名的雕塑家……

时隔多年，我教过的学生一批又一批，这件事情我几乎已经忘记了，直到收到这个邮包。在邮包里有他的一封信，信中写道："二十年前，您送我的那副眼镜让我能够看清黑板，而夹在您教学辅导书里的那张记有我近视度数的纸条，则让我看清了您的良苦用心。您让我体会到了人间真情，更安抚了我稚嫩自卑的心灵。这副根雕眼镜是我酝酿多年的作品，现在敬献给您。它不是一副眼镜，而是我感恩的心……"

看不见的爱

◆文/高　菊

那个丈夫手足无措，嗫嚅着说不出话来。

在一家叫"吉祥"的小吃店里，每天中午都有一对中年夫妇来这儿吃米粉。妻子是个盲人，丈夫也有一只眼睛瞎了。他们是一对街头卖艺的残疾人。

每次来吃粉，丈夫扶妻子坐下后，就冲着里边叫道："大碗豆花米粉，两份。"然后把背上的二胡拿下来，靠在墙边，低头对妻子说："我去拿筷子，你坐着等我。"就转身去服务台拿筷子，然后顺便付了钱，并轻轻地和服务员说了几句什么话。回来坐下，不一会儿，米粉就上来了，两个人就开始吃。

一天中午，这一对夫妇又来吃粉。那丈夫照例搀扶妻子坐下后，大声嚷着："大碗豆花米粉，两份。"然后放下二胡，转身去拿筷子，付钱，和服务员低声说几句话，转回来坐下，等米粉端上来。不一会儿，米粉端上来了，丈夫仔细地将豆花弄碎、拌匀，然后把碗送到妻子手上，把筷子塞到她的手中说："饿了吧？快吃。冷了就不好吃了。"然后自己也端起碗，大口大口地吃起来。妻子问道："你够吃了吗？你的饭量大，我匀一些给你吧。"丈夫忙说："不用不用，我的也是一大碗，足够我吃了。你赶紧吃你的吧。吃完了我们还要去卖艺赚钱呢。"

这时，隔壁桌的一个小男孩儿奇怪地盯着他们看了很久，然后突然跳下凳子，跑到这对夫妇面前，冲那个丈夫说道："叔叔，你的米粉弄错了，你不是要大碗的吗，但你这是小碗的啊。他们肯定把你的弄错了，你赶紧去换吧。"妻子愣了一下，伸手抓住丈夫的胳膊："你刚才不是说你的也是大碗吗？"丈夫忙拍拍妻子的手，笑着说："对啊，我的是大碗的啊。人家又不是对我说的，你紧张什么。"小男孩儿站在他们的桌边，执拗地望着他们，接着说道："不是，叔叔，我就是说你，你吃的这种不是大碗的，是小碗的。小碗要比大碗便宜一块钱呢，你赶紧去和服务员阿姨说吧。"

整个小吃店的人都望了过来，被小男孩儿提醒了的顾客们都奇怪地看着妻子面前的大碗和丈夫面前的小碗。小男孩儿跑到服务台："阿姨，你们把那个叔叔的米粉弄错了，他要的是两个大碗，你们却给他们一个大碗，一个小碗。"服务员听到了，忙说："没有弄错，每次他来付钱的时候都自己要小碗的。"

那个丈夫手足无措，嗫嚅着说不出话来。妻子颤巍巍地伸出双手，摸索着寻找丈夫的碗。她捧住那只碗，眼泪"嘀嘀嗒嗒"地掉到了桌上："你一直骗我，一直骗我……"丈夫慌了神："我不饿，真的不饿，你别这样，大家看了多不好，啊？多不好……"边说着边扯起衣袖笨拙地为妻子擦着眼泪……

子欲养而亲不待

◆文/邵蘅宁

现在我想孝敬父亲，却再也没有机会了。"树欲静而风不止，子欲养而亲不待。"

昨夜我又梦到父亲了，我正在单位开会，他突然就出现在会议室门外，一脸憔悴凄凉……父亲去世已经两个月了，一想起他临终前大颗滚落的眼泪，我就像掉进了逃不出的心罚。

那天晚上养老院来电话说父亲病重时，我正在参加同学聚会。当时，气氛很热烈，我喝了不少酒，微醺中，我和同学说："我父亲没事，我接到这样的电话不是一次两次了。"当我带着酒气赶到医院时，父亲已进入昏迷状态，养老院的人说父亲是撑着最后一口气，在等我。看见我，父亲虚弱地张张嘴，但纵有千言万语，已说不出一个字来，大颗大颗泪珠从他的眼角滚落，之后，他疲惫地闭上了眼睛，再也没有醒来。我那种锥心的痛和自责，无人能够理解。

五年前，父亲因病生活不能自理。母亲已经去世了，照顾父亲就成了我沉重的负担,可能是因为有病吧,父亲的脾气变得很古怪。进养老院之前的三年,我先后给父亲找过八个保姆。有时我晚上下班到家,正要给孩子做饭,保姆就来电话了,说父亲又发火了,不肯吃饭。我要是有一天不去看父亲,他就和保姆闹腾,他说,还是丫头做的饭好吃。还是丫头贴心。

我的先生在北京工作,我的工作压力也很大。我每天晚上安顿完父亲,回到家孩子已经睡了,日复一日,一年下来,我累得半死,人瘦了好多。我的小家庭进入无序状态,先生也开始抱怨。

2006年底,我心中的烦累达到了顶点,我就和国外的大哥商量,推说我身体不好,想把父亲送进养老院。大哥同意了,事实上,因为不能在父亲身边尽孝,大哥一直对我满怀愧疚。那天他打电话劝父亲去养老院时,父亲一直沉默。后来大哥说,妹妹身体不好,时间长了会把妹妹累垮的;再说,也会影响她的家庭和睦。父亲哭了,他说:我糊涂呀,我拖累丫头了。

就这样,因为我们经济条件尚好,也为了花钱买心安,弥补感情上的"欠债",我给父亲选择了一家很好的养老院。

同一个房间的大爷对父亲说:"完了,这辈子完了,孩子不要咱们了。"

父亲是个要面子的人,当然也是怕我难过,他说:"没什么,老哥,既然孩子们小的时候要送到幼儿园,为什么咱们年纪大了就不能送到养老院呢?孩子们也不易,让咱们住到这么好的养老院就是孝顺呀。"

我想起当年父亲送我上幼儿园的情形,第一次去我特别不适应,父亲便一直把我抱在怀里,直到进了教室,他才依依不舍地把我交给老师。初去的那几天,我总是哭闹,父亲每次都要站在幼儿园的栅栏门外头,看我玩一会儿才离开。

那天,初到养老院,曾经在家里顶天立地的父亲,像个无助无奈的孩子。想到这里,我再也忍不住了,从身后抱住父亲,泪如泉涌……父亲忍住泪，拍拍我的头对同屋的大爷说："丫头舍不得我来，是我自己非要来的。"

把父亲送进养老院的两个月后，我竞聘当上了一个部门的主管，总得加班。先生在北京工作根本顾不了家事，孩子的学习成绩不理想……我没有多余的精力去照顾父亲。坦白地说，很多时候我去养老院看父亲都是敷衍了事，怕别人说我把老人扔进养老院不管了。

如今，失去父亲的痛和内心的拷问，沉得就像一座大山压在我的心头。有时在路上看到养老院的牌子，我也会忍不住泪流满面。

同学聚会那天我穿的那身衣服，被我压在了柜底。聚会的头一天，原本是我和父亲约好去看他的日子。但是因为聚会，因为会见到那个我曾经心仪后来错过的男人，我在大街上流连，买了一天的衣服。转天上午，我本来还可以去看父亲的，我却打电话给父亲说单位有急事要加班，事实上，我在美容院里做了一上午的皮肤护理。我不知道那就是和父亲的最后一次说话。几个小时后，我失去了父亲。

现在我想孝敬父亲，却再也没有机会了。"树欲静而风不止，子欲养而亲不待。"

父亲越来越小

◆文/袁利霞

我们越来越大了，父亲越来越小了。

父亲理发回来，我们望着他的新发型都笑了——后脑勺上的头发齐刷刷地剪下来，没有一点层次，粗糙、顽劣如孩童。

父亲50岁了，越来越像个小孩子。走路腿抬不起来，脚蹭着地，"嚓嚓嚓"地响，从屋里听，分不清是他在走路，还是我那8岁的侄儿在走路。有时候饭菜不可口，他就执拗着不吃；天凉了，让他加件衣服，得哄好半天。在院子里，父亲边走边吹口哨——全没有一点儿父亲的威严。

父亲还很有点"人来疯"。家里来个客人，父亲会故意粗声大气地跟母亲说话，还非要和客人争着吃头锅的饺子——他明知道家里有客人，母亲不会和他吵架。客人一走，父亲马上又会低声下气地给母亲赔小心。

每次父亲从外边回来，第一句话就是：你妈呢？如果母亲在家，父亲便不再言语，该干什么干什么；如果母亲不在家，父亲便折回头骑着自行车到处找，认认真真地把母亲找回来，又没有什么事。

有一次，父亲晨练回来，母亲说：出去之前也不照镜子，脸都没洗净，眼屎还沾在上面。父亲不相信：我出去逛了一圈了，别人怎么没发现，就你发现了？母亲感到很好笑：别人发现也不好意思告诉你呀，都这么大人了。

家里有一点儿破铜烂铁、废旧报纸或塑料瓶，父亲都会高高兴兴拿到废品收购站去卖，卖得三元五元，不再上缴母亲，装进自己的腰包，作为公开的"私房钱"，用于自己出去吃饭或购买零食。

父亲以前生活节约，从不肯到外边吃饭，也不吃任何零食。现在儿成女就，没什么大的开支，他也就大方了，经常到小摊上去吃"豆腐沙锅面"——不放肉，不放虾米、紫菜、海带，一碗只要一元五角。父亲喜欢吃板肉夹烧饼。板肉是把牛肉煮熟了，加上各种作料，压成块状，吃时，用锋利的刀片成薄片，夹在刚出炉的热烧饼里。

有一次父亲很委屈地在我面前告母亲的状：我每次都夹一块钱的肉，只一次烧饼有点大，我夹了两块钱的肉，你妈就嫌我浪费。我感到好笑极了，这哪是印象中严肃古板、不苟言笑的父亲啊，分明是一个馋嘴的孩子。我从口袋里掏出十块钱给他，让他专门用来买"板肉夹烧饼"，并刻意叮嘱他，不准告诉母亲。父亲高高兴兴收下钱出去了。第二天，我从厨房经过,听见父亲跟母亲以炫耀的口气说:女儿给我十块钱,让我买"板肉夹烧饼"。你看,还是我女儿好!

我心里忽然一阵酸楚——我们越来越大了,父亲越来越小了。那种感觉就像一个叫云亮的诗人写的诗——《想给父亲做一回父亲》:父亲老了/站在那里/像一小截地基倾斜的土墙/……父亲对我的态度越来越像个孩子/我和父亲说话/父亲总是一个劲地点头/一时领会不出我的意思/便咧开嘴冲我傻笑……有一刻/我突然想给父亲做一回父亲/给他买最好的玩具/天天做好饭好菜叫他吃/供他上学,一直念到国外/如果有人欺负他/我才不管三七二十一/非撸起袖子……

出租车上的运气

◆文/伊万·斯通　译/邓　笑

每个人的一生中,都会有好机会,而且,好机会往往源于很普通的事情。

我是一名纽约城的出租车司机。你要是问我,昨天早饭吃的是什么?我可能已经不记得了。但有一件事情,是那样的奇妙,至今仍然使我记忆犹新。

那是一个阳光明媚的春天的早晨。我正在街上开着车,耐心地寻找着乘客。这时,我看见一位衣着考究的男人,从街对面的医院出来,向我招手,要搭我的车。

"请带我去加西亚机场。"他说。和平时一样,为了解除车上的寂寞,我和他聊了起来。他的开场白很普通:"你喜欢开出租车吗?"

这是一个很俗套的问题,我便给他一个俗套的回答。"很好,"我说,

"我靠这个挣钱,有时还能遇到一些有趣的乘客。但如果我能得到一份周薪100美元以上的职业的话,我就不开的士了。"

"哦。"他哼了一声。

"你是干什么的?"我问他。

"我在纽约医院神经科上班。"我们稍稍聊了几句,汽车就已经离机场不远了,我想起了一件事,试着想请他帮个忙。

"我能否再问你一些问题?"我说,"我有一个儿子,15岁,是个好孩子。他在学校里功课很好。我们想让他今年暑假去夏令营,但他想要一份工作。而现在人们不会雇用一个15岁的孩子,除非他有一个经济担保人——而我却做不到。"我停顿了一下,"如果可能的话,我想请你给他找一份暑期打工的职业,好满足他的愿望。"

他听了,沉默着,没有说话。于是我开始感到,提这样的要求,似乎有些欠妥。可是,过了一会儿,他对我说:"医院里有一份差使,现在正缺一个人。也许他去很合适。让他把学校的记录寄给我。"

说着,他把手伸进口袋,想找一张名片,但却没有找到。"你有纸吗?"他问。

我撕了一张纸给他,他在上面写了些什么,然后付了车费走了,从此以后,我再也没有见到过他。

那天晚上,我们全家围坐在起居室的餐桌旁,我从衬衣口袋里掏出了那张纸。"罗比,"我兴高采烈地对他说,"你可能找到工作了。"他接过纸,大声地念着:"弗雷德·布朗,纽约医院。"

我妻子问:"他是一名医生吗?"

我女儿接着问:"他是个好人吗?"

我儿子也疑疑惑惑地说:"他不是开玩笑吧?"

第二天早上,罗比寄去了他的学校记录。过了几天,也没有什么回音,渐渐地我们也就将这件事淡忘了。

两个星期后,当我下班回家时,我儿子高兴地迎着我,给我看一封信。信的开头是这样写的："弗雷德·布朗，神经科主任医师，纽约医院。"信上要求罗比打电话给布朗医生的秘书，约好时间去面试。

最后，罗比终于得到了那份工作。周薪是40美元。他愉快地度过了那个难忘的暑假。第二年夏天，他再次去这家医院工作。但这一次的工作要比打扫房间、做清洁卫生的杂工复杂多了。

到了第三年，他又去了那家医院上班。渐渐地他爱上了医护这份职业，干得相当出色。

后来，罗比考取了纽约医科大学。他的学习成绩很好，毕业后，他拥有了自己的私人诊所。我们全家（包括罗比自己在内）都没有想到，就因为当年到医院里去做了几年杂工，会培养起他一生对医护工作的兴趣，并且一帆风顺地取得了好成绩，获得了事业的成功！

有人会说，这是运气。我也同意这种说法。但这件事可以告诉你，每个人的一生中，都会有好机会。然而，好机会往往源于很普通的事情——即使普通得只是发生在出租车上的一次谈话。

别让任何人偷走你的梦

◆文/佚　名

　　三十年来为了我自己，不知道用成绩改掉了多少学生的梦想。而你，是唯一保留自己的梦想，没有被我改掉的。

美国某个小学的作文课上，老师给小朋友的作文题目是："我的志愿"。

一位小朋友非常喜欢这个题目，在他的簿子上，飞快地写下他的梦想。他希望将来自己能拥有一座占地十余公顷的庄园，在壮阔的土地上植满如茵的绿。庄园中有无数的小木屋,烤肉区,以及一座休闲旅馆。除了自己住在那儿外,还可以和前来参观的游客分享自己的庄园,有住处供他们歇息。

写好的作文经老师过目,这位小朋友的簿子上被画了一个大大的红"×",发回到他手上,老师要求他重写。

小朋友仔细看了看自己所写的内容,并无错误,便拿着作文簿去请教老师。

老师告诉他:"我要你们写下自己的志愿,而不是这些如梦呓般的空想,我要实际的志愿,而不是虚无的幻想,你知道吗?"

小朋友据理力争:"可是,老师,这真的是我的梦想啊!"

老师也坚持:"不,那不可能实现,那只是一堆空想,我要你重写。"

小朋友不肯妥协:"我很清楚,这才是我真正想要的,我不愿意改掉我梦想的内容。"

老师摇头:"如果你不重写,我就不让你及格了,你要想清楚。"

小朋友也跟着摇头,不愿重写,而那篇作文也就得到了大大的一个"E"。

事隔三十年之后,这位老师带着一群小学生到一处风景优美的度假胜地旅游,在尽情享受无边的绿草,舒适的住宿,以及香味四溢的烤肉之余,他望见一名中年人向他走来,并自称曾是他的学生。

这位中年人告诉他的老师,他正是当年那个作文不及格的小学生,如今,他拥有这片广阔的度假庄园,真的实现了儿时的梦想。

老师望着这位庄园的主人,想到自己三十余年来,不敢梦想的教师生涯,不禁喟叹:

"三十年来为了我自己,不知道用成绩改掉了多少学生的梦想。而你,是唯一保留自己的梦想,没有被我改掉的。"

做一粒咖啡豆

◆文/佚　名

只要有信心，没有做不好的事。

最近，女儿总是向父亲抱怨生活中诸事不顺，常常是老问题还没解决，新问题又接踵而至。她觉得自己已经被打败了，不想再奋斗下去了。

父亲把女儿带到了厨房。将胡萝卜、鸡蛋和咖啡豆分别放进 3 个锅里煮。父亲一言不发，女儿不知道父亲这是在做什么。

20 分钟以后，父亲关了火，取出胡萝卜放进碗里，又取出鸡蛋放进盘子里，最后将过滤后的咖啡倒进了杯子里。他问女儿："亲爱的，你看到了什么?"女儿回答说："胡萝卜，鸡蛋和咖啡。"他让女儿走过来，碰碰胡萝卜，女儿照办了，发现胡萝卜变软了。然后他让女儿拿起鸡蛋打碎它，女儿打开蛋壳，发现鸡蛋变硬了。然后他请女儿尝尝那杯咖啡，咖啡的香气让女儿不禁露出了笑容。她问道："这说明什么，爸爸?"父亲说，这三样东西都遇到了同样的逆境：开水，但它们的反应却截然不同。胡萝卜入水之前是硬的，但经开水煮过之后就变软了;易碎的鸡蛋在水煮之后变硬了;而咖啡豆在水煮之后却改变了水。

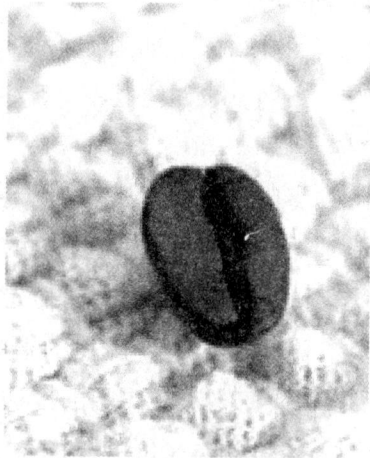

父亲问女儿："你是哪一个呢?是看似强大，但一遇到逆境和痛苦就会变得软弱、失去力量的胡萝卜呢?是有着温柔的心灵，但在经过一番

折磨之后就变硬的鸡蛋呢？还是让给你带来痛苦的开水改变了的咖啡豆？当水到达沸点的时候，咖啡的香味也最美。我希望你能努力做一粒咖啡豆，当事情并不尽如人意的时候，你能够改变你周遭的环境。生命中发生的一切都有它的道理，你需要找到原因，并从中学习。只要有信心，没有做不好的事。"

铁路尽头是我家

◆文/包利民

我现在忽然明白，他觉得离家很近，其实是因为他的心从没有离开过。也正因为如此。天下的游子遥望故乡的方向，就像看到了最温暖的那扇窗，最慈爱的那张脸。

在这里已经干了快半个月了，活很累。要改造一段铁路，偏离原来的路基三百米重建，这段需要重建的铁路长约十公里。由于这里远离城镇，而且因为种种原因，一些设备无法进来，所以有些活就要全靠人力完成。

和我一起抬枕木的小李，这个脸上还有些稚气的小伙子，却已经出来打工三年多了，闲暇时我问过他为什么那么小就出来，怎么不去念书，他说，穷。就这一个字，便是全部的原因了。一根水泥枕木有 250 千克以上。我和小李一组，我们两个都挺有劲儿，抬起来走得飞快。可是有一天却出了事。在施工现场附近有一个小村子，那一天我和小李抬着枕木正奔走如飞，我们一前一后，用一根木杠抬着枕木，步调配合得极默契。这时走在前面的小李就猛地停住脚步，由于他停得太突然，我向前又冲了一步才停下来。这时，枕木的前端便从绳套中滑出，重重地砸在小李的脚上。

小李的脚血肉模糊，我问他怎么就忽然停住了，他说有一群小鸡在脚前面，他怕踩到它们。我抱怨说，你不知那样自己会受伤吗？他却说他眼里那时只有那些小鸡，真是傻得可以。我们把他送到最近的镇上去治疗，他的脚弓被砸断了。回到工地上后，和别人搭伙，干活时却再也找不到当初那种默契的感觉。后来又过了近一个月，小李竟拄着一根拐杖来到工地上。他是来向我们告别的，他要回老家去了，等伤全好了再出来。

坐在铁路旁的一个高冈上，他望远方，铁路向北伸延着。良久，他说："这铁路的尽头就是我家。一直向北，铁路到头了，有个叫乌伊岭的地方，我家就在那里。"我向北方望去，远处迷蒙一片。他又说："你一定笑我傻，为了几只小鸡把自己的脚砸坏了。我在修铁路的时候，每天都会想起铁轨那一头的家，想起我妈。我家原来的房子很破旧，歪斜得不成样子，外面的墙用木头支着，才不倒。可是有一天却倒了，当时我妈正在房子里，她本可以快速地跑出来，可她却想起了炕头上孵蛋的母鸡，便过去把母鸡连同孵蛋的筐都抱起来。刚跑到门口，房子就全倒了，我妈的一条腿被砸在下面。我知道我妈会那么做，因为那只母鸡和那些快出壳的小鸡，是我们全家的希望。"

我一时无语，忽然就明白了小李为什么一见那些小鸡就忽然停住脚步，他那时一定想起了妈妈，想起了家中的灾难。他走时笑着对我说："等我好了再出来打工，希望咱们还能碰到一块儿！"

小李走后，我常常会梦到他，想起他在铁路最北端的家。那时他常说他离家再远也觉得很近，因为有一条铁路连着。我现在忽然明白，他觉得离家很近，其实是因为他的心从没有离开过。也正因为如此。天下的游子遥望故乡的方向，就像看到了最温暖的那扇窗，最慈爱的那张脸。

我们的眼泪都是金子做的

◆文/李　锦

只要是至情至性的泪，哪一滴不是和金子一样宝贵呢？

北北是我的弟弟。

北北从医院第一次回到家里，爸爸拉着我的手来到北北跟前，那时北北正舒服地躺在妈妈怀里，嘴里含着妈妈的乳头。爸爸说："北北是你弟弟，以后你要学会做姐姐，要爱护他。"北北显然听不懂爸爸在说什么，我抬头看看爸爸，再看看妈妈盯着我时满脸期待的柔和目光，我甩开爸爸的手，光着脚从门里跑出去。

那年，我不过7岁，但还是那么敏感地感受到父母对待我和北北的不同。尽管妈妈目光柔和，但我知道，那不是因为我才给的。

上学后，我的名字是李锦，但7岁前，认识我的人都喊我招娣。在我知道自己还有一个名字叫李锦之后，我就迫不及待地向每个认识我和我认识的人宣布：从今后我叫李锦，不再叫李招娣，如果再有人喊我李招娣，我就会跟他翻脸。最严重的一次，因为一个男生一路跟在我身后喊我招娣，我就追了他几条街，扯下他的书包，把他的作业本撕得粉碎，第二天在教室外站了两个小时，挨老师批评。

我憎恶北北，这在家里几乎是公开的秘密。北北会扶着墙歪歪扭扭地学步时，妈妈牵挂着北北，却迫于生计找了份工作开始上班。家里没人的时候，北北就像条小狗一样被拴在床脚上，长长的布带子缚着他细小的腰身，绳子的长短，刚好够北北在床上爬来爬去却不用担心会掉下床去。

爸妈上班的时候我只得陪着北北。北北越来越不满足于被缚了带子待在床上，那天放学回家，还没走到巷子口我就听到北北刺耳的哭声。看着张大嘴巴的北北，我厌恶地解开北北身上的带子，任他在床上爬来爬去，歪歪扭扭地扶着墙壁站起来又滑下去。我打开电视收看百看不厌的《猫和老鼠》。沉浸在剧情里的我，完全忘记了北北。

听到钥匙在锁孔里转动的声音，我才想起了北北。转头去看，北北正站在床沿边上，小手托在光滑的瓷砖上，还居然转过头来，咧着嘴巴对我傻笑。床沿边上放着早上还来不及洗的锅碗，我尖叫着："北北，你给我站住，不许动！"

或许是我的声音吓坏了他，或许北北突然看见刚回家来的爸爸太高兴了点儿，总之，北北的小腿一软，头就向着锅沿上撞过去。看着北北光光的头上渗出来的鲜血，前一刻傻笑，现在咧了嘴巴拼命哭，爸爸慌乱地抱起他往医院冲的样子，我吓晕了般地瘫坐在地上。

北北被爸爸抱回家的时候，头上缠了雪白的纱布，厚厚的，隐约还渗出了淡红色的血。平时那么调皮没一刻安静的北北，突然安静得像只乖巧的兔子。眼神呆滞，见了我也不再咧了嘴巴、流着口水地冲我挥动小手，他就那么安静地坐在爸爸的怀里。我突然有点儿害怕，北北会不会就此傻掉，变成傻子？

妈妈从门后抽出那条枣木做的擀面杖，对着我的腿就横扫过来。只一下，我便惨叫着跪在了地上。爸爸却怀抱着北北，冷眼看着。自回家后便傻了似的北北，这个时候却突然哭出了声，身子扭动着，小手挥舞着要妈妈。

北北的哭声救了我一时，却终究没救过我这一劫。为了表示我的不平和愤怒，我公然地把爸爸买给北北的营养品扔到了下水道里，还有了莫名的勇气对爸妈说:"我厌恶北北!我恨北北!"

后来,我和北北已在同一所学校上学,他上小学,我上初二。

为了比北北争气,为了让父母有一天后悔他们忽略我,后悔一直以来这样偏爱北北,我在学习上特别努力,那时,我始终是年级第一。

放暑假的时候,我照例代表学生站在主席台上讲话,捧着第一名的奖杯以胜利者的姿势从讲台上走了下来。走下台时,我故意偏头看看北北,他傻瓜一样咧着嘴冲我笑着,甚至拉了他同学的胳膊兴奋地喊:"我姐姐!棒吧?"我不屑地撇撇嘴。纵然我得不到父母更多的疼爱,但我有那么多的地方优于北北。北北贪玩,脑子又笨,爸爸逼着我给北北辅导功课的时候,我就敷衍北北,借辅导的名义大声斥责他,用食指弯成 U 形狠狠地敲他的脑袋。

陆续有人知道我还有一个名字叫"李招娣"后,便有人会恶作剧地在身后喊我:"李招娣!"全然不顾我能飞出刀子似的杀人目光。

很多人都知道我厌恶别人喊我"李招娣",有些人以为我是嫌这名字太俗,但其中的原因却很少为人知晓。

父亲祖上几代都是单传,所以爷爷奶奶重男轻女的观念很重。给我起名字的时候,爷爷吧嗒吧嗒抽了一下午的烟,闷着声来了句:"叫招娣吧!希望给咱李家招来个接掌门户的。"等我长到 6 岁多,还全然没有依照爷爷的愿望招来弟弟时,他们甚至商量好了准备把我送出去。好在这个时候,妈妈有了北北。

渐渐长大,陆续从邻居那儿听来这些闲言闲语,加上父母对我的忽视,我越发地憎恶北北。

但有一天,北北不知道怎么突然也知道了。吃饭的时候,7 岁的北北放下碗,像个小大人一样挺直了腰,郑重其事地对父母说:"从今以后,你们一定要对姐姐好,就像对我一样好!没有她,北北就没有姐姐了。"坐在桌角吃饭的我,眼泪就这样被北北哄了下来。

第二天,北北兴奋地拉着我的手说:"姐姐,你昨天都没抬头看,我把爸爸妈妈都训哭了呢！爸爸眼圈红红的。"

很顺利地，我一路上高中然后考入名牌大学，毕业进了好的工作单位。除了成长的过程里缺乏父母之爱这点遗憾外，我的生活可以说是一帆风顺。

2005 年我认识了现在的男友，事业爱情都算美满，我和男友计划 2006 年 10 月结婚。交房子首付的时候，因为两人工作时间都不长，钱不够，我们商量着找双方父母暂借点儿。回家找父母商量，妈妈板着脸："那钱是我给北北以后准备的，你不能动。"只一句话，我便泪如雨下，多年的委屈想掩藏终于没藏得住。

但几个月后，我突然收到了父母寄来的 3 万块钱。父亲还特意写了封信过来，说：北北知道你回去借钱的事后，平日里那么大大咧咧的一个人，居然在家里陪我们坐了一整天，从你小时候讲起，讲你的委屈和忍让。父亲还说：原来我们太忽略你了，一直把你的眼泪当水珠子，北北的眼泪是金子。其实，你们都是我们最亲的孩子，你们的眼泪都是金子做的。

读着父亲的来信，想起北北，我的泪止不住又一次哗哗地流。只要是至情至性的泪，哪一滴不是和金子一样宝贵呢！

用你爱我的方式去爱你

◆文/小伙儿当自强

你对我的爱，宽阔辽远一如无际的大海，纯粹透明没有丝毫杂质，而我，只能用杯水，去回报大海。

你突然打电话说要来我家，电话里，你轻描淡写地说："听你二伯说，巩义有家医院治腿疼，我想去看看。先到你那里，再坐车去。你不用管，我自己去……"

你腿疼,很长时间了。事实上你全身都疼,虽然你从来不说,但我无意中看见,你的两条腿上贴满了止痛膏,腰上也是。你脾气急,年轻时干活不惜力,老了就落下一身的毛病,高血压、糖尿病,心脏也不好,老年人的常见病你一样都不少。年轻时强健壮实的身体,如今就像被风抽干的果实,只剩下一副空架子,弱不禁风。

第二天,我还没起床你就来了。打开门后我看见你蹲在门口,一只手在膝盖上不停地揉着。你眉头紧锁,脸上聚满了密集的汗珠。我埋怨你不应疼成这样才去看医生,你却说没啥大事。

你坚决不同意我陪你去医院,"你那么忙,这一耽误,晚上又得熬夜,总这样,对身体不好……"你的固执让我气恼。正争执间,电话响了,挂断电话,却不见了你。我慌忙跑出去,你并没有走出多远,你走得那么慢,弓着身子,一只手扶着膝盖,一步一步往前移。

看你艰难挪移的样子,我的心猛地疼了一下,泪凝于睫。我紧追过去,在你前面弯下腰,我说:"爸,我背你到外面打车。"你半天都没动,我扭过头催你,才发现你正用衣袖擦眼,你的眼睛潮红湿润,有点儿不好意思地说:"风迷了眼。"又说:"背啥背?我自己能走。"

纠缠了半天,你拗不过我,终于乖乖地趴在我背上,像个听话的孩子。我攒了满身的劲背起你,却没有想象中那样沉,那一瞬,我有些怀疑:这个人,真的是我曾经健壮威武的父亲吗?你双手搂着我的脖子,在我的背上不安地扭动着,身子使劲弓起来,紧张得大气都不敢出。

到小区门口,不过二十几米的距离。你数次要求下来,都被我拒绝。爸爸,难道你忘了,你曾经也这样背着我,走过多少路啊?

……

18岁那年,原本成绩优异的我,居然只考取了一个普通的职业大专。我无脸去读那个职专,也无法面对你失望愤怒的眼睛,便毅然进了一家小厂打工。那天,我正背着一袋原料往车间送,刚走到起重机下面,起重机上吊着的钢板突然落了下来。猝不及防的我，被厚重的钢板压在下面，巨大的疼痛，让我在瞬间昏迷过去。

醒过来时我已经躺在医院里，守在我床边的你，着实被吓坏了。你脸上的肌肉不停地跳，人一夜之间便憔悴得不像样子。

后来我才知道，那块钢板砸下来时，所幸被旁边的一辆车挡了一下，但即便是这样，我的右腿也险些被砸断，腰椎也被挫伤。

治疗过程漫长而繁杂，你背着我，去五楼做脊椎穿刺，去三楼做电疗，上上下下好几趟。那年，你 50 岁，日夜的焦虑使你身心憔悴；我 18 岁，在营养和药物的刺激下迅速肥胖起来。50 岁的你背着 18 岁的我，一趟下来累得气都喘不过来。

就是这时候，你端来排骨汤给我喝，你殷勤地一边吹着热气一边把一勺热汤往我嘴里送，说："都炖了几个小时了，骨头汤补钙，你多喝点儿……"我突然烦躁地一掌推过去，嘴里嚷着："喝喝喝，我都成这样了，喝这还有什么用啊?!"

汤碗"啪"地一声碎落一地，排骨海带滚得满地都是，热汤洒在你的脚上，迅速起了明亮的泡。我呆住，看你疼得龇牙咧嘴，心里无比恐惧。我想起来你的脾气其实很暴烈，上三年级时我拿了同桌的计算器，你把我的裤子扒了，用皮带蘸了水抽我。要不是妈死命拦住，你一定能把我揍得皮开肉绽。

然而这一次，你并没有训我，更没有揍我。你疼得嘴角抽搐着，眼睛却笑着对我说："没事儿，爸爸没事儿!"然后，一瘸一拐地出去了。

你完全像换了一个人，性格那么暴烈的人，居然每天侍候我吃喝拉撒，帮我洗澡按摩，比妈妈还耐心细致。我开始在你的监督和扶持下进行恢复锻炼，每天早上五点起床，你陪着我一起用双拐走路。我在前面蹒跚而行，你紧随着我亦步亦趋，我们成了那条街上的一道独特的风景。

为了照顾我，你原来的工作不做了。没了经济来源，巨额的医疗费压得你抬不起头。你四处借钱，债台高筑，亲戚们都被你吓怕了。那次你听说东北有家医院的药对我的腿有特效,为了筹药费,你跑到省城去跟大姑妈借钱。

8个月后,我开始扔下拐杖能自己走了。

……

这次你去医院做检查,你不停地问我:"到底怎么样?不会很严重吧?"我紧紧握着你的手,你厚实粗糙的大手在我的掌心里不停地颤抖。我第一次发现,你其实是那么害怕。

结果出来,是骨质增生,必须手术治疗。医生说:真想象不出,你父亲如何能忍得了那样的疼?

办完住院手续,我决定留下来陪你,像你从前对我那样,为你买喜欢的菜,削苹果给你吃,陪你下棋,搀扶你去楼下的小花园散步,听你讲我小时候的事情。我问你还记不记得曾经拿皮带抽过我,你心虚地笑。

那天护士为你输液,那个实习的护士,一连几针都没有扎进血管。我一把推开她,迅速用热毛巾敷在你的手上。一向脾气温和的我,第一次对护士发了火:"你能不能等手艺学好了再来扎?那是肉,不是木头!"

护士尴尬地退了下去,你看着暴怒的我,眼睛里竟然有泪光闪烁。我猛然记起,几年前,你也曾这样粗暴地训斥过为我扎针的护士。

手术很成功。你被推出来时,仍然昏睡着。我仔细端详着你,你的脸沟壑纵横,头发白了大半,几根长寿眉耷拉下来……我想起你年轻时拍的那些英俊潇洒的照片,忽然止不住地心酸。

几个小时后,你醒了,看见我在,又闭上眼睛。一会儿,又睁眼,虚弱地叫:"尿……尿……"

我赶紧拿起小便器,放进你被窝里。你咬着牙,很用力的样子,但半天仍尿不出来。你挣扎着要站起来,牵动起伤口的疼痛,巨大的汗珠从你的额角渗出来。我急了,从背后抱起你的身体,双手扶着你的腿,把你抱了起来。你轻微地挣扎了几下后,终于像个婴儿一样安静地靠在我的怀里,那么轻,那么依恋。

出院后你就住在我家里。每天，我帮你洗澡按摩，照着菜谱做你喜欢吃的菜，绕很远的路去为你买羊肉汤，粗暴倔犟的我也会耐心温柔地对你说话。阳光好的时候，带你去小公园里听二胡，每天早上催你起床锻炼，你在前面慢慢走，我在后面紧紧跟随……所有的人都羡慕你有一个孝顺的儿子，而我知道，这些，都是你传承给我的爱的方式。只是我的爱永远比不上你的爱。你对我的爱，宽阔辽远一如无际的大海，纯粹透明没有丝毫杂质，而我，只能用杯水，去回报大海。

毛毛虫是怎样变成蝴蝶的

◆文/周玉珍

不要和你的同事竞争，你应该在乎的是，你应该比现在的你强。

南京是一座贵气的城市。来自陕西的我格外渴望留在这个有夫子庙、乌衣巷的地方。所以当老板台后面的胖经理介绍我和蓝沁认识时，我知道我将和这个有着一双坚定而睿智的大眼睛的广西姑娘有一场较量。但蓝沁真的很优秀。大学毕业论文获南京理工大学一等奖。我不知道在短短的3个月试用期内如何击败她。

公司的业务是针对房地产开发的，帮助他们包装楼盘，挖掘客户群和扩大知名度。我和蓝沁的第一次交手，就在南京7月的雨季里开始了。胖经理要求我们为一处近期竣工的楼盘设计宣传方案。我在大四实习时就已经能独立完成这种工作了。加上日日阴雨霏霏，索性闷在办公室里享受干爽的空调，一边上网聊天，一边看楼盘的规划图。蓝沁似乎没什么经验，每天蹬着单车，绕过大半个南京城去工地考察。

那天交方案时，我特意打扮得清爽而神采飞扬，而蓝沁却是冒雨赶过来的，白色旅游鞋上还沾着星星泥点。从经理的眼神中，我知道这最初的亮相我已占了大半优势。经理看完后，赞了一句"各有千秋"。接着话锋一转，"不如你们互相看看？"看似询问，实为命令。本以为会得到褒奖的我只能略带失望地接过蓝沁的那份方案，逐字逐句地琢磨起来。

　　尽管厚度不足我的一半，却让我知道什么是"山外有山，人外有人"。蓝沁的方案独具匠心，而且详细得可以立刻操作。我的脸开始发烫，可我真的不甘心，要出门时，我故意提醒蓝沁："你裤子上都是泥，别影响公司的形象啊！"我知道经理一定听到了。蓝沁愣了一下，却说："谢谢你！"回到座位上，我想这就算平手了吧？我不知道经理会不会也这么认为呢？

　　几番接触下来，我不由感叹"既生瑜，何生亮"。但如果我放弃，留在南京的梦想就可能化为泡影。毕竟找工作的最佳时机已过去了。

　　我开始经常"提醒"蓝沁。"打印纸要节省啊！能打三张效果图，你却只打了一张！""你怎么还穿学生装呢，要注意公司形象啊！"经理有时在场有时不在。但蓝沁好像并没有听出我的弦外之音，只是一味地微笑或道谢。

　　一天下午，经理带我和蓝沁去"怡情苑"工地取资料，并参观他们的样板屋。我穿着一丝不苟的套装，袅袅婷婷地协助经理整理资料。而穿着牛仔裤的蓝沁却像个好奇的学生，举着数码相机跑来跑去。我一边核对数据，一边浅笑，"经理，蓝沁的学生气太重了吧？"经理淡淡地回答，"我希望每个人都能认真工作。"在很久以后，我才真正明白这句话的含义。可在当时，我却认定了经理在夸奖我。

　　"怡情苑"的宣传方案是我和蓝沁试用期的最后一个方案。我和蓝沁做得都格外用心。私底下，我送给负责工程的经理秘书一瓶昂贵的香水，请她不要把预算等部分重要资料提供给蓝沁。果然，蓝沁跑了几次，对方都委婉地拒绝了她。看着蓝沁焦急的样子，我虽有些于心不忍，可为了能够留在南京，除了心里不停地道歉，我别无选择。

汇报时期终于到了。我最后一次翻看自己精心设计的方案,觉得没有任何毛病能挑出来。这次进行审批的除了经理外,还有决策高层和房地产开发商的代表。

站在大家面前,我用最甜美的声音列举了雄厚的数据资料,我看到每个人都在微笑。而蓝沁的报告中既没有关于"怡情苑"的数据,也没有具体的金额预算,只是没想到她话锋一转,朗声说道:"我认为应当给客户群以更为直观的印象。"接着,投影机投射出一幅幅精美的照片。"这是我在样板房拍摄的,我认为这更能激发客户的购买欲望。"我注意到每个人都被蓝沁吸引住了。接下来,蓝沁还提议,应在本地航班的读物上做宣传。"那是一个很大的潜在客户群!"蓝沁的话音刚落,房地产开发商居然鼓起掌来。我如坐针毡,忍不住说:"这样会超过预算的!"话一出口,我突然觉得自己曝光在众人的目光下。

我没能通过试用期。走出经理室之前,经理对我说:"最初你和蓝沁让我很难取舍,你们都非常用心。但是我逐渐发现,蓝沁把心用在工作本身,而你则放在工作之外。"

其实,我和蓝沁就像两只初涉世的毛毛虫,有朝一日都会变成绚丽的蝴蝶。可是,我没有用心积蓄力量设法改变自己,反而成为别人的绊脚石。当身边人比你优秀时,应该问问自己"毛毛虫是怎样变成蝴蝶的"。

天使能够飞翔,
是因为把自己看得很轻

◆文/佚 名

　　将来无论你们走到哪里,无论从事什么职业,都应该记住一句话:天使能够飞翔,是因为把自己看得很轻。

世界上的很多事情是说不清楚的,在一家医学院学习的梅子居然和她的另外5位寝友到了同一所医院实习。因为她们学习的专业相同,她们都被安排在妇产科实习。在学校能够一起学习生活,实习又能够在一起,这让6姐妹非常欢喜。但没有多久,一个问题残酷地摆到6姐妹面前,这所医院最后只能留用其中一人。

　　能够留在这所省内最高等级的医院是6姐妹的共同愿望,但她们不得不面对"有你无我,有我无你"的残酷竞争与淘汰。离毕业的日子越来越近,6姐妹的较量也越来越激烈,但她们始终相互激励着,相互祝福着。院方为了确定哪一名被留用,举行了一次考核,结果出来了,面对同样出色的6姐妹,院方一时也不知道该如何取舍。但现实是,院方只能够留用一人。

　　6姐妹中,开始有人表示自己家在外省,更喜欢毕业后能够回到家乡;有的人干脆说家乡的小县城已经有医院同意接收她……美丽的谎言感动着一个又一个人。

　　这天,6姐妹都突然接到一个相同的紧急通知,一名待产妇就要生产,医院需要立刻前往她家中救治。6姐妹急匆匆地上了急救车。一名副院长、一名主任医生、6名实习医生、2名护士同时去抢救一名待产妇,如此隆重的阵势让6姐妹都感觉到一种前所未有的紧张。有人悄悄地问院长,是什么样的人物,需要这样兴师动众?院长简单地解释道:"这名产妇的身份和情况都有些特殊,让你们都来,也是想让你们都不要错过这个机会,你们可都要认真观察学习。"车内一片沉寂。待产妇家很偏僻,急救车左拐右拐终于到达时,待产妇已经折腾得满头汗水。医护人员七手八脚地把待产妇抬上急救车后,发现了一个问题,车上已经人挨人,待产妇的丈夫上不来了。人们知道,待产妇到达医院进行抢救,是不能没有亲属在身边办理一些相关手续的。人们都下意识地看向副院长,副院长低头为待产妇检查着,头都未抬地说道:"快开车!"所有人都怔住了。不知道该如何是好。这时候,梅子突然跳下了车,示意待产妇的丈夫上车。急救车风驰电掣般地开往医院,等梅子气喘吁吁赶回到医院的时候,已经是半小时后了。在医院门口,她被参加急救的副院长拦住了,副院长问她:"这么难得的学习机会,你为什么跳下了车?"梅子擦着额头的汗水回答道:"车上有那么多医生、护士,缺少我不会影响抢救的。但没有病人家属,可能会给抢救带来影响。"

3天后,院方的留用结果出来了,梅子成为幸运者。院长说出了理由:"3天前的那一场急救是一场意外的测试。将来无论你们走到哪里,无论从事什么职业,都应该记住一句话,天使能够飞翔,是因为把自己看得很轻。"

天价微笑

◆文/吴　静

如果一个天使般的微笑,足以打开心中纠缠多年的死结,这样的笑容应该是无价的。

同时,它也会是化解困境最有效的绝招之一……

美国加州有一位6岁的小女孩,在一次偶然的机会中,遇上某个陌生的路人,陌生人一下子给了她4万美元的现款。

一个小女孩突然间受到这么大金额的馈赠,消息一传出去,几乎整个加州为之疯狂骚动起来。

记者纷纷找上门来,访问这个小女孩:"小妹妹,你在路上遇到的那位陌生人，你认识他吗？他是你的某一位远房亲戚吗？他为什么会给你那么多的钱？4万美元啊，那是一笔很大的数字啊！那位给你钱的先生，他是不是脑筋有点问题……"

小女孩露出甜美的微笑，回答："不，我不认识他，他也不是我什么远房亲戚，我想……他脑筋应该也没有问题吧！为什么给我这么多钱，我也不知道啊……"尽管记者用尽一切方法追问，仍是完全无法一探究竟。

最后小女孩的邻居和家人，试着用小女孩熟知的方法来引导她，要她回想一下，为何这个路人会给她这么多钱。

这位小女孩努力地想了又想，约莫过了10来分钟，若有所悟地告诉她的父亲："就在那一天，我刚好在外面玩，路上碰到这个人，当时我记得对着他露出微笑，就只有这样呀！"

父亲接着问道："那么，对方有没有说什么话呢？"

小女孩想了想，答道："他好像说了句：'你天使般的微笑，化解了我多年的苦闷！'爸爸，什么是'苦闷'啊？"

原来这个路人是一个富豪，一个不是很快乐的有钱人。他脸上的表情一直是非常冷酷而严肃的；整个小镇上，根本没有人敢对着他笑。而当这位富豪突然遇到一个小女孩，对着他露出真诚的微笑，使得这位富豪心中不自觉地温暖了起来，甚至能够在当下将尘封不知多少年的紧闭心门打开来。

于是，富豪决定给予小女孩4万美元，这是他对那时候他所拥有的那种感觉，自己定出的价格。

如果一个天使般的微笑，足以打开心中纠缠多年的死结，这样的笑容应该是无价的。

同时，它也会是化解困境最有效的绝招之一……

给儿子一个干净的后背

◆文/佚　名

原来,他用一个上午的时间拍打衣服上的水泥灰,只是想留给儿子一个干净的后背,只是想让他的儿子在小伙伴面前能多少拥有些骄傲!

他是那种来一阵风都能被吹走的小老头,可工地还没开工,他便三番五次找到我,花生、番薯提来了一袋又一袋,还开出了村里的特困证明,让我无论如何给他一样活儿干。我拗不过他,只好将负责看管搅拌机的差事交给他。

他对我连声道谢,然后扭头跑回村子。那时候,我正打算向他介绍搅拌机的操作方法,他居然不听我一声解说就走掉了。正在我气恼时,他又回来了,身后还拖着个脸蛋红扑扑的小男孩,老远便指着我身边的搅拌机大喊:这是爸爸要开的机器!

我大吃一惊:这老头居然有个这么小的儿子!但很快想到这是在农村,晚年得子的现象多着呢,何况农民都显老,看起来像个小老头的他说不定只有四十来岁。

小男孩不知什么时候窜到搅拌机边,将整个脑袋探进搅拌机内。我惊出一身冷汗,大声斥责孩子。孩子躲到一边后,我又开始训斥小老头,怎么能把孩子带到工地上来,要知道工地上处处充满危险!他跟他儿子一起低下了头,好半天才嗫嚅道:我只想让儿子开心一下,爸爸终于找到工作了。我懒得听他解释,冲他摆摆手说,我来教你怎样开搅拌机吧。

他很快就学会了操作搅拌机。在机器的轰鸣声中,他的儿子挥舞着小手喊:"爸爸好厉害!"我看见他笑了,脸上的皱纹拧成一块一块的,还露出蜡黄的牙齿。距离开工还有两三天,可他次日一大早就来到工地上,拿着一块抹布,一点点抹去搅拌机上的水泥灰,有些硬块抹不去,他就用指甲一点一点抠去。我说,搅拌机上的水泥灰就不要弄了,反正一开工就会脏回去的。他却嘿嘿笑着说,他要给儿子一个惊喜:昨天还很旧的机器,今天就变新了。望着认认真真清洗搅拌机的他,我忽然不知说什么才好。

工地开工那天,他竟然穿了件崭新的衣服。启动搅拌机没多久,四处飞扬的水泥灰就在他的新衣服上厚厚蒙了一层。一转眼,他就跟其他工友没什么区别了。他显然发现了这一点,赶紧腾出一只手拍打身上的灰尘。我从工地的一侧转到另一侧,回来时,看到他那只手还在拍打身上的水泥灰。

紧挨着工地的是一所小学,尽管隔了用铁片搭成的围墙,校园里的嘈杂声还是能够清晰传来。每当上下课的铃声响起,他都要情不自禁地用手拍打身上的尘土,手起手落,拍得很是紧促。看管搅拌机,原本挺轻松的活,他却累得满头大汗。我知道他是不停拍土给累的——既然怕弄脏新衣服,为什么还非要穿着它来工地?衣服脏了洗洗就可以了,这样不间断地拍打,再好的衣服也容易坏呀!

铃声又一次响起,工地外面传来孩子放学的嬉笑打闹声。他忽然触电般脱下新衣服,使劲甩了两下,然后迅速穿回到身上。那件被抖落灰尘的衣服,看起来又跟新的一样了。然后,我听见一个甜甜的童音传来:那个穿最漂亮衣服的人,是我爸爸!接着又传来另一个孩子的声音:你爸爸是不是这里官最大的?循声望去,两片铁片的缝隙中,探着两个小脑袋,其中一个,正是他的儿子。

我看见笑意漾满了他的嘴角。原来,他用一个上午的时间拍打衣服上的水泥灰,只是想留给儿子一个干净的后背,只是想让他的儿子在小伙伴面前能多少拥有些骄傲!

孩子唱着歌走远后，他才像忽然记起了什么，赶紧用另一只手去揉那只拍打衣服的手，一边揉还一边"吁吁"地喘气。我忍不住说，你儿子真可爱。他忽然涨红了脸，说，儿子其实是抱养的，可小家伙一定要喊他爸爸，怎么教都改不了口。他又接着说："我上了年纪，干不了重活，以后你这边负责看管搅拌机的活都交给我做好不好？我多少要给儿子留些钱啊！"

我想说什么，声音却哽在喉咙里，只好使劲点头。然后，我连忙背过身，那一刻，眼泪不可遏制地落下来……

谢谢凯莉

◆文/[美]希玛·瑞尼·葛丝婷

人生没有不可逾越的天堑，只要永远不懈怠地一步步走下去，前面就是幸福的彼岸。

那年，我初次登上三尺讲台，心底热切地期盼着第一份工作能在我的生活中铭刻下鲜明美好的烙印。于是，它给我送来了凯莉。

我的学生是一群活泼的孩子，年纪都在 4 岁左右。每个早晨，当他们的父母护送各自的孩子来幼稚园时，着实会让我手忙脚乱一番：哄劝哭哭啼啼的小孩，安慰眼泪汪汪的母亲或心急火燎的父亲。费好大功夫后，才能让孩子们安静下来，乖乖地围坐在地毯上，开始早晨的玩耍。

一天，我正领着孩子们唱歌，教室门被轻轻推开，一个陌生少妇出现在门口，她静静地倚靠着门，专注地观察我们。我不禁暗暗纳闷：她是谁？为什么来？她究竟想观察什么？当我再次望向门口，她已经离开。

那天，送走最后一个孩子，我照旧身心俱疲，只想立刻躺下来，喝一杯脱脂热牛奶，然后，在泡泡浴中美美地舒缓紧绷了一整天的肌肉和神经。可幼稚园园长让我到她办公室去。

我刚刚放下的心又悬了起来：这和那个少妇有关吗？是我选错了歌曲，还是玩耍时间长？要么，是太短了？我惴惴不安地坐在椅子边缘，腰背挺得笔直。园长说：早晨那个少妇可能是我未来的学生家长，她希望亲自做详细调查后判断能否让她的女儿在一个正常孩子的班级里上学。她的女儿天生残疾，腿部自膝以下常年套着支撑器。孩子可以勉强地挪移几步，但步态始终歪歪斜斜，难以保持平衡，而且，任何轻微的推撞，都可能让她因重心失调翻倒在地。所以，她需要人抱着她"走动"，并得随时告诫其他孩子：经过她身旁时务必小心。

园长问我：能让小女孩儿到你的班级去吗？我愣住了，一时语塞，心里不停抱怨：这个学年，我都得像轴心一样，围绕 15 个 4 岁大的孩子转。他们的生龙活虎已经让我只有招架之功，如今，还要再添一个必须"小心轻放"的"瓷娃娃"！然而，我竟鬼使神差地答应了。

第二天，我和孩子们正在地毯上玩耍，那个少妇抱着她女儿走了进来。她自我介绍说："我是凯莉的妈妈，这就是我的女儿凯莉。"然后，她将怀中的凯莉放在地毯边上。我望向凯莉："欢迎你，凯莉。"谁知她也正瞪着乌溜溜的眼睛打量我。这一整天还算顺利，凯莉仅仅跌倒两次。

接下来的几天，抱着凯莉往返于教室内外，目睹她对其他孩子自由奔跑的羡慕，我不禁想：不如鼓励她自己沿着走廊走动。我问凯莉："愿意吗？"凯莉对我的提议非常兴奋。于是，次日活动的时候，我让助手带其他孩子去院子里玩，我陪凯莉进行她的首次尝试：凯莉沿着走廊走到隔壁教室的门口。虽然只是短短的十来步，却足以令凯莉和我欣喜若狂。但我的助手吓坏了："教会这可怜的孩子走路，不是件容易的事情。把她抱到院子里去吧，别惹出什么祸来。"可凯莉拒绝了。这个小小的人儿，表现出惊人的固执。

我们的练习一天比一天艰辛。有一次，凯莉步履蹒跚地练习。忽然失去了重心偏向一边，我急忙扶住摇摇欲坠的凯莉。我蓦地感觉不安，想要退缩。可凯莉却咯咯地笑起来："别担心，我很好。"她的乐观和欢颜，让我猜想：每天一段与凯莉独处的静谧时光，就是上苍对我的赐予。

我和凯莉的"行进"虽然缓慢，但风雨无阻。她当天走了多远，我就用粉笔在墙上画个记号。我发现，墙上的记号在不断向前延伸。

渐渐地，其他孩子注意到我和凯莉的"行进"，他们自发地聚集在走廊周围，为凯莉点滴的前进欢呼喝彩。最后，凯莉可以独自走完整条走廊到院子里去！其他孩子众星捧月般围着凯莉，有的轻拍她的背部表示佩服，有的热烈拥抱她给予鼓励。凯莉像个发光体，她的光芒不禁令我动容，而且让我的助手惊叹。她们特别为凯莉定制了一个蛋糕，庆祝她的"巨大成就"。以后的几个星期，凯莉每天都走到院子里看同伴们嬉戏。我们谁也没有去搀扶她，她变得越来越独立、坚强。

但在 12 月中旬时，凯莉突然无故缺课一周。我打电话到她家里，被告知凯莉的父母去了曼哈顿接受每年的例行健康检查。一天早晨，凯莉的母亲带着她出现在教室。凯莉的母亲开门见山，直奔主题："您给过凯莉什么特别的教育吗？"

"夫人，我不清楚您具体所指……"我隐隐有"山雨欲来风满楼"的惶恐。

"您让凯莉自己行走过吗？"

惶恐逐渐弥漫开来，阻塞了我的大脑空间，思维和语言系统仿佛瞬间瘫痪。我怔怔呆立住：也许，我欠缺审慎的行为，让凯莉脆弱的双腿遭受到永久性伤害,她的余生将在轮椅中度过,我只好轻轻忏悔:"是的,请原谅我,夫人。"

凯莉的母亲温柔地提起凯莉的长裙,热泪从她眼眶里滚滚而出:原来的膝盖支撑器,已经被换成脚踝支撑器。"过去几个月,凯莉的腿部得到了比以往几年都充分的锻炼。我真不知道怎么感谢您和您为凯莉做出的一切。"

我一把搂住凯莉的母亲:"让凯莉成为我们中的一员,就是最特别、最美好的馈赠。"

后来的 17 年里,不管教师生涯遭遇怎样的困难,或者生活变得如何不堪承受,我都会想起凯莉在走廊跌跌撞撞前行的情形。她在走廊尽头甜美璀璨的笑容,像雨后彩虹一样光彩夺目,驱散笼罩在我心头的阴霾。尽管我是她的老师,但她教会我:人生没有不可逾越的天堑,只要永远不懈怠地一步步走下去,前面就是幸福的彼岸。

谢谢凯莉。

最后一位客户

◆文/周海亮

他认为,真正挽救自己的,是母亲。

他静静坐在办公室里,等客户带 15 万元货款过来。他们合作过好多次,彼此以兄弟相称。

他的公司开了好几年,似乎一直运转良好。只有他知道问题的严重性:他的公司已经接近崩溃。现在,他的打算是,收到最后一名客户的 15

万元现金之后,就携款潜逃。他知道他肯定可以做到,那名客户对他毫无戒备。他知道这是犯罪,可是他想搏一把。

客户在约好的时间敲响办公室的门。他把客户让到沙发上,递烟倒茶,聊些无关紧要的话。客户打开密码箱,他看到 15 沓钞票。

客户问:"提货有问题吗?"

他说:"没问题。明天早晨,您过来提货。"

这时,电话响了,把他吓了一跳。他拿起电话,是母亲打来的。

母亲问:"你还好吗?"

他说:"还好。"

母亲说:"晚上回家吃饭吧。我买了很多菜,排骨已经炖好了,晚上回回锅就行……"他说:"不了,今晚,忙……"母亲问:"生意不顺心吗?"他说:"生意很好,刚接了一笔 15 万元的大单子……"母亲说:"那就好。晚上回来吧,你已经一个多月没有回家吃饭了。"他说:"怕真的没时间。"母亲在那边沉默了很久,然后,母亲问:"是不是生意不顺心?"

他说:"没有,刚接了一笔大单子……"

母亲说:"你骗不过我的。上次你回家,我看你唉声叹气的,就知道肯定是生意遇到了麻烦。听我说,如果撑不下去,就别硬撑,回家歇一段日子……不管如何,家永远欢迎你。"

他抹一下眼睛,说:"生意没事,妈,你放心。"

母亲说:"我给你攒了些钱,也许能帮上你的忙。晚上,你回家吃饭时,我把钱给你。"

他一愣,问:"你帮我攒了钱,多少?"

母亲说:"有 5000 元呢。"

他眼泪一下子涌出来。今晚,他将携 15 万元巨款潜逃,母亲却会一直守在饭桌前,等他回家吃饭。为了赚钱,他在酒店里宴请生意伙伴,花掉很多个 5000 元,母亲为了他的公司,却悄悄地攒下 5000 元,幻想用这些钱,来挽救他的公司。

他握着电话,流着泪,久久说不出话来。

母亲说:"晚上回家吃饭吧,我等你。"电话挂断了。

家与公司相距不足十千米,他慢慢地踱到窗前,看窗外街道上的人流,连连叹气。

客户被他的样子吓坏了,问他:"你怎么了?"

他说:"没什么。"

客户说:"那我先走了,你把钱收好,明天一早,我来提货。"

他突然喊住客户,说:"实际上,我一分钱的货也没有。我骗了你,我只想骗走你的 15 万元钱。"

客户愣住了。在确定他没开玩笑以后,客户思考很久,说:"我可以等你 3 天。3 天里,只要你能备齐货,我还会和你做这笔生意。不过,能不能告诉我,是什么让你放弃了这个疯狂的念头?"

他说:"是母亲。她今天晚上会一直等我回家吃饭……"

那天晚上,他很早就回了家。他陪母亲吃了晚饭,和母亲拉了很多家常。第二天回来的时候,他带上了母亲给他的 5000 元钱。他把它们存到银行,将存单镶在镜框里,小心翼翼地摆放在办公桌上。

3 天后,他真的做成了那笔生意,他的公司起死回生。

他在好几个场合说起过这次经历。每到这时,就会有人感叹说:"多亏了那最后一位客户,如果没有那笔生意,如果没有对方的信任和宽容,那么,你也许不会挺过来。"

他点头。他承认那位宽容的客户给了他很多。可是,他认为,真正挽救自己的,是母亲。

断　指

◆文/贾广建

　　为了儿子的前途，生性笨拙的农民父亲突发奇想，一急之下剁掉了自己的一个手指，在手术台上指名要儿子做手术……

　　他来自农村，学的是医学专业，上了几年学，家里值钱的东西都被他上没了。医院不好进，没钱也没关系的他，混了几年还是一个默默无闻的乡卫生员。

　　一辈子土里刨食、对他寄着太多希望的老父亲为此很着急，从百里外的农村老家赶来，带着他到医院里求职，他成功地为某医院做了一例断肠接合手术。有热心人提醒他们父子要及时送礼。礼也送了，只是太轻了，轻得微不足道——一壶家乡产的小磨香油。院领导说，如果他能做断肢再植手术，就可以把他调进医院。

　　农民父亲听不出弦外之音，更着急不知道要等到啥时候才会来这家医院做断肢再植手术。即使有，也未必轮到他儿子做。如果还没有上手术台的机会，就意味着儿子还要一直等下去。

　　为了儿子的前途，生性笨拙的农民父亲突发奇想，一急之下剁掉了自己的一个手指，在手术台上指名要儿子做手术……

　　手术后拆线，看着还能弯动的手指，农民父亲笑了，儿子哭了，医院领导无话可说。

不被期待的快乐

◆文/吴淡如

我一直是在他的阴影下乘凉，却只会抱怨他遮住了我的阳光，并没有想到，因为他的存在，我才没有被晒伤。

我认识一对兄弟，哥哥是知名企业的科技人，弟弟是摄影师。

兄弟俩生长在同一个家庭里，两个人的个性、口才截然不同。哥哥很会说话，很有领导能力，书也一直读得很好，各方面才艺都很杰出，运动方面也很出色。弟弟跟哥哥念同一所学校，比哥哥低一个年级，压力一直很大，老师们都会说："啊，你是谁的弟弟对吧，你哥哥怎样怎样……"

更糟的是哥哥还长得比他帅哩。

不只在学校有压力，在家里也一样，闯了一点儿小祸，妈妈会不经意地说："跟你哥哥学学，你哥哥从不让我操心的。"拿了中不溜儿的成绩单回家，爸爸也会摇摇头说："咦？你哥哥没怎么念书，成绩就很好呀，书有那么难念吗？"

他不是不努力，可是无论他怎样努力，就是没有办法赢得"你跟你哥哥一样优秀"的口碑。青少年时，他有点愤世嫉俗，跟着变得越来越拗，喜欢教训他的哥哥。有一阵子不太讲话，暗讥哥哥："哼，有一天你会聪明反被聪明误。"

虽然，他心里还是很以哥哥为荣的。

哥哥一直光芒万丈，像一座明亮的灯塔，而他只是一支虚弱的烛火罢了。哥哥考上明星高中，大学也念了第一志愿。而他竟然连一所公立高中都考不上。

爸爸说："好吧，家里只要有一个人念大学，我就不算辜负老祖宗了。"随便他怎样。他便选了他唯一感兴趣的高职美工科。

哥哥又念了硕士，进入一家电子公司，成为科技新贵，让父母引以为豪；他高职毕业后发现自己对摄影比较有兴趣，就应聘了几家公司，变成一个摄影师的助理。爸妈对于他，好像形同"放弃"似的，只要他"现在可以养活自己，将来可以养活妻小就好了"。

后来，他当上了某电视公司的摄影记者，每天为了追逐新闻，冲来冲去，很少和哥哥联络。他二十九岁，哥哥三十岁那年，有一天，平常在科学园区忙得没日没夜的哥哥，忽然回到家来，对他说："喂，爸妈要拜托你照顾了，我辞了职，想到法国去学现代艺术。"

哥哥说，他已经积累了足够多的钱，前一阵子，他因为过度加班忙到昏倒，被人从公司送到医院，差点"过劳死"，这使他悟到，人生有限，他不能一直没有自己，三十岁了，他觉得自己有了足够的积蓄，留下来的股票够给爸妈养老，他想了很久，想要"为自己活"，选择一条他真正想走的路。

啊？他听得嘴都歪了。哥哥的梦想是学现代艺术？

"为自己活？"难道，英明的哥哥、不可一世的哥哥，不是一直都在为自己活吗？哥哥那么优秀，一直有许多选择的权利，不是吗？

"不，我一直活在别人的期望下，没有办法做我自己，"哥哥说，"我一直很羡慕你可以念美工科。以前看你在赶美术作业时，我都一边在念教科书，一边在嫉妒你：你真好，可以选择自己的兴趣。你那么自由，那么快乐。"

听了这话，他三分骄傲，七分心酸。骄傲的是，他竟然曾经让自己心目中的英雄暗暗羡慕过；心酸的是他了解，如果不是因为哥哥比他优秀那么多，承担了那么多父母的期望，他哪能够安安稳稳地做自己。

"原来，不被注意，有不被注意的舒适和快乐。"他说。

"我一直是在他的阴影下乘凉,却只会抱怨他遮住了我的阳光,并没有想到,因为他的存在,我才没有被晒伤。"

我也是一个海盗

◆文/Marjorie Walle

幸福的秘密是自由,而自由的秘密是勇气。

那是很平常的一天,当那个小男孩儿和他妈妈一起走进来的时候,史密斯太太正坐在候诊室里。史密斯太太之所以注意到那个男孩儿,是因为他的一只眼睛上戴着眼罩。她很惊奇地看着那个孩子,看起来失去一只眼睛对他没有造成丝毫影响,她看着他跟着他的母亲,向附近的一张椅子走去。

那天医生非常忙,使得史密斯太太有机会同那个男孩儿的母亲交谈,而那个孩子一直在同他的"士兵"玩耍。起初,他很安静地坐着,摆弄一队放在椅子扶手上的"士兵"。后来他慢慢地把"战场"移至地面,偶尔也会抬起头看看他的母亲。

最终,史密斯太太找一个机会问那个小男孩儿他的眼睛怎么了,他好像对这个问题考虑了很久,然后,他向上推他的眼罩,回答道:"我的眼睛没有任何问题。我是一个海盗!"接着,他又沉浸于他的游戏之中了。

史密斯太太之所以会在这里,是因为她在一场车祸中失去了一只腿的膝盖以下的部分,她今天过来是要看看伤势是否已经到了可以装上假肢的程度。这场车祸对她而言是毁灭性的。她也尝试着做一个勇敢的人,却还是觉得自己毫无用处。

从理智上来讲,她明白这一场小小的意外不应该毁掉她的一生,可是在感情上，她就是不能跨越这道障碍。她的医生曾经建议她多一些想象，可她就是不能想象一个情感上可以接受的、持续的形象。在她的内心深处，她始终认为自己是个没用的人。

"海盗"这个词改变了她的一生。就在那一刻，她感受到了强烈的震动：她看到自己站在一艘海盗船上，穿得就像朗恩·约翰·西文一样，她的两腿分得很开——因为有一只假肢。她的双手放在臀部并且紧紧扣住。她昂着头，肩微微后仰，面向风暴露出了微笑。一阵阵猛烈呼啸的海风不断抽打着她的外套和脑后的头发，随着海浪持续地袭击，有不少凉凉的海水穿过了甲板的护栏而涌上来。在暴风雨的肆虐下，船只猛烈地摇晃着并发出一阵阵的呜咽。只有她，依然坚定地站立着——骄傲的，无所畏惧的。

在那一刻，那个无用的形象已经消失，她终于找回了失去的勇气。她多么尊敬那个孩子，那个忙着布置他的"士兵"的男孩儿。

几分钟之后，护士让史密斯太太进去。在她拄着拐杖挣扎着起身的时候，那个男孩儿发现了她的残疾，"嗨，太太，"他叫着，"你的腿怎么了？"那个男孩儿的母亲顿时感到非常窘迫。

史密斯太太低头看了看她的短了一截的腿有好一会儿，然后，她微笑着回答："没什么，我也是一个海盗。"

我们是一家人

◆文/秦文君

人长大后都是要独立的，可家和家人却是永远的大后方，永远的爱和永远的归宿。

我进中学那年就开始盼望独立,甚至跟母亲提出要在大房间中隔出一方天地,安个门,并在门上贴一张"闲人免进"的纸条。不用说,母亲坚决不同意,她最有力的话就是:我们是一家人。

当时,我在学校的交际圈不小,有位姓毛的圈内女生是个孤女,借居在婶婶家,但不在那儿搭伙,每月拿一笔救济金自己安排。我看她的那种单身生活很洒脱,常在小吃店买吃的,最主要的是有一种自己做主的豪气,这正是我最向往的。

也许我叙说这一切时的表情刺痛了母亲的心,她怪我身在福中不知福。我说,为何不让我试试呢?见母亲摇头,我很伤心,干脆静坐示威,饿了一顿。母亲那时对我怀了一种复杂的情感,她认为我有叛逆倾向,所以也硬下心肠,准备让我碰壁,然后回心转意当个好女儿。当晚,母亲改变初衷,答应让我分伙一个月。我把母亲给我的钱分成30份,有了这个朴素的分配,我想就不会沦为挨饿者。

刚开始那几天,我感觉好极了,买些面包、红肠独自吃着,进餐时还铺上餐巾,捧一本书,就像一个独立的女孩儿。家人在饭桌上吃饭,不时地看我。而且有了好菜,母亲也邀我去尝尝,但我一概婉拒。倒不是不领情,而是怕退一步,就会前功尽弃。

我还和姓毛的孤女一起去小吃店,对面而坐。虽吃些简单的面食,但周围都是大人,所以感觉到能和成年人平起平坐,心里还是充满那种自由的快乐。

这样当了半个来月单身贵族后,我忽然发现自己与家人没什么关系了。过去大家总在饭桌上说笑,现在,这些欢乐消失了,我仿佛只是个寄宿者。有时,我踏进家门,发现家人在饭桌上面面相觑,心里就会愣一愣,仿佛被抛弃了。

天气忽然冷下来,毛姓孤女患了重感冒,我也传染上了,头昏脑涨,牙还疼个没完没了,出了校门就奔回家。

家人正在灯下聚首,饭桌上是热气腾腾的排骨汤。母亲并不知道我还饿着，只顾忙碌着。这时候，我的泪水掉下来，深深地感觉到与亲人有隔阂、怄气，是何等凄楚。我翻着书，把书竖起来挡住家人的视线，咬着牙，悄悄地吞食书包里那块隔夜的硬面包，心想：无论如何得挨过这一个月。

可惜，事与愿违，因为一件特殊的事，离一个月还剩 3 天，我身无分文了。我想问那孤女朋友借，但她因为饥一顿、饱一顿，胃出了毛病，都没来学校。我只能向母亲开口借 3 天伙食费。可她对这一切保持沉默，只顾冷冷地看我。

被母亲拒绝是个周末。早晨我就断了炊，喝了点开水，中午时，感觉双膝发软。那时的周末，上午就放假了，我没有理由不回家，因为在街上闻到食物的香味，更觉得饥肠辘辘。推开房门，不由大吃一惊，母亲没去上班，正一碗一碗地往桌上端菜，家里香气四溢，仿佛要宴请什么贵宾。

母亲在我以往坐的位置上放了一副筷子，示意我可以坐到桌边吃饭。我犹豫着，感觉到这样一来就成了可笑的话柄。母亲没有强拉，悄悄递给我一个面包，说："你不愿意破例，就吃面包吧，只是别饿坏了。"

我接过面包，手无力地颤抖着，心里涌动着一种酸楚的感觉，不由想起母亲常说我们是一家人。那句话刻骨铭心，永世难忘。

事后我才知道，母亲那天没心思上班，请假在家，要帮助她的孩子走出困境。

当晚，一家人又在灯下共进晚餐，与亲人同心同德，就如沐浴在阳光下，松弛而又温暖。

如今，我早已真正另立门户，可时常会走很远的路回到母亲身边，一家人围坐在灯下吃一顿饭，饭菜虽朴素但心中充满温情。就因为我们是一家人，是一家人！

人长大后都是要独立的，可家和家人却是永远的大后方，永远的爱和永远的归宿。

笑　容

◆文/拈花一笑

生命充满色彩,幸福只需简单。

四月末的傍晚,清爽恬淡。有友人要远行,约好在安徽大学北门见面。她从百花井赶来,我有足够的时间等待。

一扭头,看见一位老阿姨,坐在超市前的台阶上,身边是一些小手镯、项链。在校门口做生意的人不少,她却不像个生意人,有着慈祥而诚恳的面容。五六十岁左右,头发却是黑的,穿着淡紫的套衫和孔雀绿的开衫。虽然颜色相冲,她穿上却有些独特的气韵。

老人的生意并不好,她总是沉默,没有开口揽客,却很执着地看着路人。从她拘谨的神态,我猜,也许是家庭经历着重大变故,让她这样一个体面的人坐在街头。

她发现我的注视,有些羞涩地笑了笑,别开目光。一瞬间,我想到了母亲,也是一样的浓浓的书卷气质,为了家庭什么都可以放弃。

终于,有个小女孩儿走来,停了停蹲在她的摊子旁,开始迟疑犹豫地挑着小饰品。她也不开口,却用着渴望的目光慈爱地注视着小女孩儿。她很盼望着第一笔生意的成功。一瞬间我不忍心去看她的目光,它包含着太多的期待和矜持。小女孩儿问了问价格,嫌贵。她显然不谙商道,不知道如何抓住小女孩儿的心理。小女孩儿摇了摇头,站起来走了。她依然是满面笑容,却掩饰不了双眸中失望的黯淡,笑容也因此显得酸涩。

突然,我觉得自己该做点什么。不是怜悯。我没有资格去怜悯一个如此自尊的人。

我蹲下来,其实她的小饰品没有什么特色,都是些石头制品,类似的镯子我有过很多。她操着东北口音,很好听的普通话。我挑了一个白色的串珠手镯,她一个劲地说:"姑娘,这个好看。"价格不贵,5元钱,与一杯圣代同价。我没有还价,掏钱给她。她有些诧异,可能奇怪我不像旁人一样还价。她从绳子上解下手镯,手有些颤抖,仔细地给我戴上,边端详边点头:"好看,好看。"我有些不好意思,冲她微笑,然后起身。她抬头露出了很感激的很慈爱的笑脸。

友人从远处跑来,冲我挥手。我差点认不出长发的她,因为考研,她瘦了一圈,也更清秀明澈。不久后她将单身赴南方求学。我拿出那个手镯给她,她的双眸是惊喜的光彩。我似乎除了生日时没有送过她什么,纵然我们曾经亲密到经常跑到她寝室和她挤在一张床上,说少女最梦幻的故事,纵然她给我看过她厚厚的日记。

真的不贵,5元钱。一个是也许再不谋面的陌生老人,一个是也许咫尺天涯的闺中密友。而我,用一个串珠手镯就交换了她们最真心的笑容。

谁能不爱段小虎

◆文/安　宁

因为要保护自己,所以身上长满了刺,但他还是那个可爱单纯的段小虎。

段小虎是高二年级里出了名的小老虎,据说是不怕任何人的。他打架一个人可以顶五个。甚至有一次都跟教武术的体育老师干了起来,结果还是获过省武术冠军的老师当众出了丑。庆幸校长是个爱体育的人,看到他们打得热火朝天，几乎忘了自己气冲冲赶来的目的，所以最后欣赏完这样一场极精彩的擂台赛，竟是兀自鼓起了掌。把摔得鼻青脸肿的体育老师羞得不知该往哪儿躲。至此段小虎的武术功底就和他的人一样名扬全校，这样带来的后果，是几乎没有一个老师愿意做他的班主任。许多老师到校长那里发下誓言：有我没他，有他没我！那一段时间的段小虎，有点孤单，尽管他脸上写着的，依然是不羁和霸气，一副唯有拳头才能拯救自己的英雄模样。我去上英语课，看见他在课本上乱涂乱画。仔细看去，竟是一双双眼睛里面的内容，全是落魄委屈又寂寞的。我站在他的身后看了很长的时间，终于忍不住跑到讲台上去，用英语向全班大声宣布：以后我来做大家的老板。

段小虎显然是有些吃惊，在他的感觉里，敢做他老板的人，应该是个五大三粗，一脸蛮横的男老师才对，我区区一个刚大学毕业的弱女子，岂能降得了他，他在英文日记里用许多显然是从牛津字典里扒拉下来的单词，向我的到来表示了他不合语法的致敬和同情。我在他的日记旁边画了个不服输的小人，还有一个贼兮兮的笑脸。这样无声的挑战，我想聪明的段小虎，是能够读得懂的。

段小虎的难以驯服不是我能想象到的，我第一天走马上任他就给了我个下马威。那天的课间操正抽查到我们班，段小虎看到带红袖章的老师过来了，立刻将体操变成了他自创的"段家拳"，一本正经地随着音乐舞了起来。几个老师笑看了一会儿，没朝他大吼，直接将扣分单发给了我，临走没忘一脸同情地对我说一句：你们班段小虎在你领导下愈发张扬了。我看着不远处鹤立鸡群的段小虎，嘻嘻笑着将长长的手臂扩到两边同学的肩上去，咬了咬牙，终于没让不争气的眼泪落下来。

段小虎明摆着是要将我气下台去的，他的言行比以前愈加地招摇。除了打架，他还学会了上课与我狡辩，用的是颠三倒四的英语。偶尔也给外班的女生写写情书，站在楼道里朝过往的漂亮女老师唱歌起哄，或是屡屡挑衅学校武术队的老师和学员，显摆一下自己的功力。几乎每天都会有人找到我的办公室来,历数段小虎的累累罪行。我的笑容都僵了。段小虎还是没有任何安静下来的迹象。他似乎在等待着我朝他发火,而后在我的大怒里,体会更大的成就和光荣。而我,一再地忍让着,冷落着他。我想让他知道,我与那些以硬克硬的老师们是不一样的,我自有办法将他的心收了去。

我费了很大的力气,终于在一条幽深的巷子里找到了段小虎的家。敲了许久的门,才有一个坐了轮椅的中年女人来开。她看到我,眯眼笑看了一会儿,温柔说道:你就是小虎的班主任吧?我很诧异,她接着解释道:小虎几乎每天都会跟我提起你,说你人长得漂亮,心也是最美的呢;说话从来都是轻言细语,你们班最调皮的一个小男生都崇拜着你呢。我的脸,在这些话里,倏地红了。段小虎原来是这样地喜欢着我,可是,他为什么要拿了叛逆的言行来对周围的人呢?

我从段小虎的妈妈口里,得知段小虎在 14 岁以前,原本是个可爱单纯的孩子。他对身边每一个有困难的人,都会"拔刀相助";而且他上进,宽容,热爱一切美好的东西。但是 14 岁那年母亲的一场大病,还有变了心的父亲冷漠的离去,让他的心,一下子没了方向。他在母亲面前,还是那个体贴爱笑的段小虎;但在外人面前,却只肯相信自己的拳头。他想让妈妈幸福,但是力不从心,他也只有用两个拳头,挡住那些箭一样飞来的同情和取笑。段小虎比从前更加地爱妈妈,他定期地陪妈妈去医院做针灸治疗,他盼望着妈妈的腿能够快快地好起来,就像他自己,可以像往昔一样,让每一个教他的老师喜欢和夸赞。

我没告诉段小虎的妈妈,我来的目的,原本是想让她好好地教训段小虎一顿;亦让他的家人知道,有一个这样无药可救的儿子,是多么的悲哀。那个阳光很好的午后,我只是静听段小虎的妈妈,絮絮叨叨地讲着每一桩与段小虎有关的往事。那个在外人眼里几乎"无恶不作"的段小虎,也在这样温情的讲述里,慢慢变了模样。

我开始喜欢上这个段小虎,像段小虎若无其事地偷偷喜欢着我一样。我上课举英文的例句，常常将人物换成段小虎。段小虎在别人善意的笑声里，脸上的表情也由不屑慢慢变得认真且诚挚。有时候他还会举手回应我，而不是在下面斜着眼一个人自言自语。有一次我用"the sameas"造句，我说现在的段小虎和三年前的段小虎其实是一样的，都有一颗努力向前冲的心。段小虎很迅速地将这个句子记下来，随即高高举起手来。我点了他的名字，他歪着脑袋，很认真地用英语补充道：他的功夫也和身高一样增长，厉害到足以将武术教练打败。教室里响起热烈的掌声来，段小虎的脸，有些红，我知道他说出这一句来，是鼓足了勇气的，他是在用这样的方式消解着那个人人厌恶的自己，亦告诉我，他可以比我所期望的，走得更好。

我甚至用了送礼的方式，才最终说服了学校武术队的教练，将段小虎收为门下弟子。这个段小虎的手下败将，对那次让他颜面尽失的较量，依然难以释怀。他说收下可以，但我先把丑话说在前头，如果段小虎无视队规，任意逞能，即便是校长来求情，我也不会再开恩。我替段小虎下了军令状，但将这个好消息告诉段小虎的时候，我还是尽力地抑制住心里的喜悦，很平静地在他的作业本上，用英语祝贺他成为武术队的成员。我没有将教练的诸多规矩转告给他，我想如果段小虎打定了主意，再多的废话都是无用。

段小虎下课之后不再跑去惹是生非，我从办公室的窗户里，看见他背着"行头"，从那些他昔日的弟兄们面前昂头走过去，有点浪子回头的可爱模样。那些小痞子们也都怵他，知道他的武力大增，而且有可能被选送参加省武术比赛了。我去看过他训练，那个教练对他显然是有些冷淡，不怎么指导他，似乎视他为空气。段小虎形单影只地在角落里练功，脸上的汗水，比任何人的都多。这样的努力，依然没能让教练高看他一眼。他似乎被这个队伍里的每一个人，都给忘记了，就像当初他被每一个老师故意遗忘了一样。我看他在休息的空隙里，依然在默默练功，突然觉得有些心疼。我想是不是我给段小虎的这个选择，是个将他的自信一点点粉碎掉的错误？

段小虎从没有在英语日记里，透漏过任何关于训练的消息，他只是雷打不动地每天下午四点从办公楼前走过，遇到了同学，会大声地打招呼，声音里含着笑。我跑到教练那里去打听，知道送到省里去参加比赛的名额，会公平地按照成绩来选。如果不出什么意外，段小虎当然会被选送参加比赛。这一点，是连一向不喜欢段小虎的教练也无法改变的。

我为段小虎做的"成名梦"，终没有在两个星期后成为现实。段小虎那天送母亲去医院做例行检查，一路飞奔回来还是迟到了十分钟，按照纪律，教练冷冷地取消了他的考试资格。半年多的努力，段小虎什么也没有得到。

我找到段小虎，在空荡荡的训练室里，他一个人对着个无形的对手打得难解难分。我坐在旁边，看他直练得体力透支，躺在冰冷的地板上无声地哭。我蹲下身去，将他盖住了眼睛的头发拨开来。我说段小虎，你要是想做英雄，就给我起来。段小虎的嘴角，微微上翘，他那惯有的嘻笑模样又返回来：老师，我不想做狗熊，我只是想眯眼做个小小的美梦，你知道吗？我在梦里，不只会看到妈妈的腿好了，能陪我去参加比赛，而且还能看见您，站在窗口冲领奖台上的我挥手……

我怎么劝慰段小虎呢，这个努力地要做出成绩来给每一个人看的孩子，却失去了最好的表现自己的机会。告诉他其实并不是只有成功才能改变一个人，或者能够接受残酷无情的现实本身也是一种胜利，这样的大话每一个人都会懂，但这不是段小虎想要的；亦不是我在接手这个班的时候，想要给他的。

我在这样难过的时候，段小虎腾地跳起来，他接连打了几个漂亮的武术招式，最后倒立在对面的墙上。我听见倒立着的段小虎大声对着我喊过来：老师，谢——谢——你——

我在这一声谢谢里，终于流出泪来。这个可爱的段小虎，他其实什么都明白。

妈妈要做你的榜样

◆文/佚 名

我不想你长大后成为依靠别人的人,所以,儿子,我一定要成为你的榜样!

那是她生命中最难忘的日子。

去领困难补助金的那个早晨天气格外晴朗,全家人一大早就起床了。吃完早饭,她和儿子换上最好的衣服,在丈夫一声声"路上小心"的叮咛声中走出家门,朝民政局走去。

民政局的会议室里坐满了人,有和她一样来领困难补助金的居民,有前来采访此事的众多媒体记者。

她和几十个人站成一排,从领导的手里接过困难补助金,大大小小的摄像机镜头对准着他们,闪光灯纷纷亮起……

她忽然记起以前出现过的同样情形——也是无数镜头对准着她,也是闪光灯亮得睁不开眼睛,可那时她把腰杆挺得格外直,脸上是灿烂的笑容,手上是大红的劳动模范证书……

牵着儿子的手走出大门,她的泪水忍不住涌了出来。她的泪水里既有酸楚,也有羞愧,更多的是对自己命运的悲哀。

她18岁就参加工作了,28岁当上市里的劳动模范,35岁因工厂倒闭不得不下岗。下岗后,她和丈夫开了一家小超市。一天,她和丈夫去进货,不幸在路上发生车祸,从此丈夫只能坐在轮椅上,她瘸了一条腿。死里逃生后,他们家家境一落千丈,一家三口只能靠城市低保金为生。

低保金一个月只有380元,一家三口的一日三餐在里面,水费电费煤气费在里面,丈夫的营养费、儿子的书本费也在里面……艰难的日子让她窒息。望着不能动弹的丈夫,看着才 10 岁的儿子,她甚至想过干脆买一包老鼠药,拌进米饭里……

在她最绝望的时候,街道办事处的工作人员告诉她一个好消息:已将她家列入本城首批享受困难补助金的家庭里,从下个月开始,她家每个月可在低保金的基础上再领 300 元。

走在路上,她悄悄抹去眼角的泪水。儿子摇着她的手臂撒娇:"妈妈,我们今天有钱了,你给我煮肉吃好不好?"她看着儿子的小脸,心里有说不出的酸楚:虽说自己每星期都挤点钱出来买点肉为儿子改善伙食,可儿子正是长身体的时候,那点肉对他来说能顶什么事?

她带着儿子往菜市场走去,一路上走着便盘算好手里 300 元的用途。站在肉摊前,她指了指最便宜的那类肉对摊主说:"来一斤这个。"儿子不干了:"妈,太少了。"她咬咬牙说:"那就来一斤半吧。"

提着那块肉走在回家的路上,儿子还是不满意:"妈,你就多买点儿,炖一大锅,我们美美地吃一顿。"她笑了:"这个月把钱花光,下个月不吃饭?"儿子一昂头说:"下个月不是还发给咱们钱吗? 这个月花光了,你下个月再去领。"儿子的这句话让她感到从未有过的震惊,仿佛有一根线一下子勒紧了她的心脏,紧得她说不出话来。她没想到儿子会有这种想法——只因为有这样那样的困难就可以不必劳动,不必奋斗,就可以心安理得地拿政府的补助! 难道儿子将来要靠低保、补助金过一辈子?

那天晚上,看着摊在桌子上的崭新钞票,她一夜没有合眼,儿子白天说的那句话一遍遍地在她耳边回响。她对自己说:我会劳动,也能劳动,曾经获得的那么多荣誉都和劳动有关,难道如今瘸了一条腿就不能劳动? 我还有一双健康的手,应该靠自己的手养活一家人,养活儿子! 我不能让儿子将来靠领困难补助金过日子!

一星期后,她在市场的一角支起一个小摊卖水饺和馄饨。她的水饺和馄饨皮薄、馅多,而且绝对新鲜、卫生。一年后,她开了一家早餐店,但店里只能放三张小方桌。

三年后，她有了一家能放七张桌子的店铺。

再后来，她的店开在繁华的大街上，店面堂皇，可以承办各类宴席……

现在，逢年过节，她都会随街道办事处的人去慰问低保户，为他们送米送油送钱。除了安慰与关心，她总会比别人多问一句："我的店里有工作岗位，你愿意来吗？"

当然，她的儿子已经长成小伙子了，和同龄的孩子一样健康阳光。不同的是，他从上中学开始，每逢寒暑假都在妈妈的店里打工。

儿子一直记得10岁那年的事，不是因为记性好，而是妈妈常常重复那天的事、重复他说过的话。妈妈每次讲完这件事，总会加上一句：我不想你长大后成为依靠别人的人，所以，儿子，我一定要成为你的榜样！

儿子说："其实我记得最清楚的是另一件事。妈妈卖饺子和馄饨的第一天很晚才回来，她一进屋，手也来不及洗就径直走到我面前，将一张五元、一张两元的纸钞和四个一角的硬币一字排开，整齐地放在我面前的桌子上，认真地看着我说，儿子，妈妈今天挣钱了，这是妈妈用劳动挣来的，不是人家发给我们的……"说到这里，这个身高近1.8米的小伙子眼圈红了。

答　案

◆文/纳　兰

也再没有人追问他小学时成绩排第几名，因为去年他以全校第一名的成绩考入了清华。

有个孩子对一个问题一直想不通：为什么他的同桌想考第一，一下子就考了第一；而他也想考第一，却只考了全班第二十一名？回家后他问："妈妈，我是不是比别人笨？我和他一样听老师的话，一样认真地做作业，可为什么我总比他落后？"

妈妈听后非常悲伤。因为她感觉到儿子开始有自尊心了，而这种自尊心正在被学校的排名伤害着。应该怎样回答儿子的问题呢？有几次，她真想重复那几句被上万个父母重复了上万次的话——你太贪玩了；你在学习上还不够勤奋；和别人比起来还不够努力，以此来搪塞儿子。然而，像她儿子这样，脑袋不够聪明，在班上成绩不甚突出的孩子，平时活得还不够辛苦吗？她没有这么做，她想在这个以几门功课定优劣的应试时代，为儿子的问题找到一个完美的答案。儿子小学毕业了，虽然他比过去更加刻苦，但依然没赶上他的同桌，不过与过去相比，他的成绩一直在提高。为了对儿子的进步表示赞赏，她带他去了一次海边。就在这次旅行中，母亲回答了儿子的问题。

现在这个儿子再也不担心自己的名次了，也再没有人追问他小学时成绩排第几名，因为去年他以全校第一名的成绩考入了清华。寒假归来的时候，母校请他给同学及家长们作一个报告。他讲了小时候的一段经历："我和母亲坐在沙滩上，她指着前面对我说，你看那些在海边争食的鸟儿，当海浪打来的时候，小灰雀总能迅速地起飞，它们拍两三下翅膀就升入了天空，而海鸥总要很长时间，然而，真正能飞越大海飞越大洋的还是它们。"

这个报告使很多母亲流下了眼泪，其中包括他的母亲。

在贫穷中也要保持尊严

◆文/佚 名

我们可以贫穷，但我们不能失去自尊。

一位朋友在英国工作时，有一次去餐厅用餐，看到一对衣着普通的夫妇，带着一个年纪约八九岁的小男孩儿，来到一家著名的正统西餐厅。

他们坐定之后，侍者递上菜单，这对夫妇点了一份价格最低的牛排。侍者脸上露出诧异的神色，迟疑地问道："一份牛排？可是你们有三位，这样够用吗？"那对父母中的爸爸腼腆地笑了笑，说："我们都吃过了，牛排是给孩子吃的！"

很快地，那一家人所点的牛排全餐，包括餐前的浓汤及生菜沙拉，送到了小孩的面前，父母亲其乐融融地看着他们的孩子用餐。

这一家人的举动，引起餐厅经理的注意。经理找来了负责服务那一桌的侍者，询问是什么原因。侍者简单地回答，是一对溺爱小孩的父母，只点了一份最便宜的牛排，孝敬他们的孩子。

经理了解情况后，就对这一桌特殊的客人多注意了些。他发现，这对父母在教导孩子使用桌上的刀叉时，取用的顺序十分正确；而且对孩

子的用餐礼节,亦要求得相当严格,反复而有耐心地、一次又一次教他们的孩子,直到他做对为止。

餐厅经理看到这种情形,知道这一家人的情况和侍者所说的,事实上有着极大的出入。于是经理叫来侍者,交代了几句话。很快地,侍者端着两杯咖啡,到那一家人的桌前。那位爸爸连忙挥手,正要说他们没有点……经理走上前去,礼貌地告诉他们,这是餐厅招待的。

随后,经理和这对夫妇聊了起来,终于了解了为什么这一家三人,却只点一份餐点的真正原因。

那位爸爸说:"不怕你知道,我们的经济很差,根本吃不起这种高级餐厅的晚餐,但我们对孩子有信心,知道在贫困环境下长大的小孩,会有不凡的成就,我们希望能及早教会他正确的用餐礼仪;更重要的是,我们也想让孩子在成长过程中,记住自己曾在高级餐厅中,接受过备受尊重服务的那种感觉,希望他将来做一个永远懂得自重、也能尊重他人的人。"

这位爸爸的话虽简单,却掷地有声。的确,我们可以贫穷,但我们不能失去自尊。

军犬黑子

◆文/吴若增

后来是黑子不再信赖它的训导员,甚至不再信赖所有的人。

那一年,我认识了一位军犬训导员。我问他,最聪明的狗能达到什么程度?他说,除了不会说话,跟人没有差别。他的回答,令我一怔,随后我说,你准是掺进了许多感情色彩吧?不!他说。

　　他给我讲述了一个关于狗的故事,是他亲身经历的。曾经在他们的那个营地,有一条名叫"黑子"的狗极其聪明。有一天,他们几个训导员想出了一个特殊的办法,决定用来测一测黑子的反应能力。他们找来了十几个人,让这些人站成一排,然后让其中的一位去营房"偷"了一件东西藏起来,之后再站到队伍中去。这一切完成了,训导员牵来了黑子,让它找出丢失的那东西。黑子很快就用嘴把那东西从隐秘处叼了出来。训导员很高兴,用手拍了拍黑子的脖颈以示嘉奖,之后,他指了指那些人,让黑子把"小偷"找出来。黑子过去了,嗅嗅这个,嗅嗅那个,没费多少劲就叼住了那个"小偷"的裤腿将他拉出了队列。

　　应该说,黑子把这任务完成得极其完满,但训导员却使劲儿晃了晃脑袋对黑子说,不!不是他!再去找!黑子大为诧异,眼睛里闪出迷惑的光,因为它确信并没有找错人,可对训导员又充满了一贯的绝对的信赖。这,这是怎么回事呢?官想。不是他!再去找!训导员坚持。黑子相信了训导员,又回去找……但它经过了再三再四的谨慎鉴别和辨认,还是把那人叼了出来。不!不对!训导员再次摇头。再去找!

　　黑子愈发迷惑了,只好又走了回去。这次,黑子用了很长时间去嗅辨。最后,它站在那个"小偷"的脚边转过头来,望着训导员,意思是——我觉得就是他……不!不是他!绝对不是!训导员又吼,且表情严厉起来了。

　　黑子的自信被击溃了,它相信训导员当然超过相信自己。它终于放弃了那个"小偷",转而去找别人。可别人……都不对呀?

　　就在他们那里头!马上找出来!训导员大吼。

　　黑子沮丧极了,在每一个人的脚边都停那么一会儿,看看这个人像不像"小偷",又扭过头去看看训导员的眼色,试图从中寻找到一点点什么迹象或什么表示……最后,当它捕捉到了训导员的眼色在一刹那间的微小变化时,它把停在身边的那个人叼了出来。

当然,这是错的。

但训导员及那些人却哈哈大笑了起来。把黑子笑糊涂之后,训导员把"小偷"叫出来,告诉黑子,你本来找对了,可你错就错在没有坚持……

刹那间,令训导员和全体在场的人莫名意外兼莫名惊恐又莫名悔恨的是,他们看到——当黑子明白了这是一场骗局之后,它极度痛苦地"嗷"地叫了一声,几大滴热泪流了出来。之后,它沉沉地垂下了头,一步一步地走开了……

黑子!黑子!你上哪儿去?训导员害怕了,追上去问。

黑子不理他,自顾自往营外走去。

黑子!黑子!对不起!训导员哭了。但黑子无动于衷,看也不看他一眼。黑子!别生气!我这是跟你闹着玩儿呢!训导员扑上去,紧紧地搂住了黑子,在黑子面前泪雨滂沱。

黑子挣脱了训导员的搂抱,一步一步地走到了营外的一座土岗下,找了个背风的地方趴下了。此后好几天,黑子不吃不喝,神情委顿,任训导员怎么哄,也始终不肯原谅他。

人们这才发现——哪怕是只狗,也是要尊严的!或者反过来说,它们比人更要尊严!

后来呢?后来是黑子不再信赖它的训导员,甚至不再信赖所有的人。同时,它的性情也起了极大的变化,不再目光如电,不再奔如疾风,甚至不再虎视眈眈、威风凛凛……训导队没办法,只好忍痛安排它退役。

啊!黑子呀!

不会再有第二个你

◆文/纤手破新橙

因这些照顾，她的内心有了一份自豪，是公主一样的感觉。

一

很小的时候，她就听身边的人说她是要来的孩子。椴树开花时，赶花人生下了她，又辗转托人送掉了她，然后又赶别的花去了。她回家问他。他说：听他们瞎说！然后拉她到镜子前，指着一大一小两张脸说：别人家的孩子谁能长得跟我一样漂亮？

她笑了，镜子里的他刀条脸，又黑又瘦，实在与漂亮沾不上边。但她信了。从那以后，谁说她是捡来的，她都会大声告诉那人：除了我爸，谁能生出这么漂亮的孩子来？那人于是笑了，闭上了嘴。

他是小学校里的老师，似乎除了教孩子什么也不会。她常常听妈嘟嘟囔他这做得不对那干得不好。但他爱看书，常常她睡一觉醒了，还看到他床头的蜡烛依然亮着。她跟着他，也看那些书，虽然看不懂，但是她喜欢。

他就这样教会了她喜欢。

二

她8岁时，家里又添了弟弟妹妹。她自然地会在放学后带弟弟妹妹。有时，弟弟顽皮，打了水杯花瓶，妈妈会责备她。她一个人在墙角边掉眼泪时，就想起那些大人说的话，心里隐隐地有了怨恨，在父母弟妹跟前却加了几分小心。比如吃饭时，看到家人撂下了筷子，她就赶紧放下手里的碗去收拾饭桌，即使没吃完，也不再接着吃。比如家里买了好吃的，三份分得一样多，她也总是把自己的再分成三份，分给弟妹。

终于这一切，被他看在了眼里。他把她拉到了弟妹和妈妈面前，说：从今天起，谁也不能拿我大姑娘当小丫头使唤了，她得好好上学，将来还要上大学呢！

从那天起，他总是找书让她读。很快地，家里的书被她读完了，他就千方百计借来书给她。妈妈说：家里有一个书呆子就够了，这又出来一个。她知道妈是说爸，他就爱看书。

读书辛苦，他常常会偷偷在她的书包里放上半块威化巧克力。那是小卖店里卖两毛钱一块的，弟弟妹妹都很少吃到。因这些照顾，她的内心有了一份自豪，是公主一样的感觉。

他就这样教会了她骄傲。

三

初中时，因为画画的特长，她到很远的地方考艺校。他理所当然地陪她去。9月，正是连雨天，路塌了好长一段，他们的车被堵在半道上。北方的秋天来得早，路边的树叶有的都红了。她看到远处有一棵披红装的树格外漂亮，随口说了句：爸，你看那叶子多漂亮，做书签一定特别好。

转眼间，他就跑向了远处。一车的人都在看他。四十几岁的他略略发福了，身子有些笨拙。他很小心地往前走，她的心一直提着。车上的人说：这可都是草滩，一不小心掉进沼泽里就糟了。她想喊他回来，可是终于没喊出口。

他举着一根漂亮的树枝回来时，车上的人都给他鼓起了掌。有个五十多岁的老太太很严肃地对他说：可不能这样惯孩子，她要天上的月亮也去给她摘吗？

他笑了，把树枝递给她。远处看那么美的树叶，近处看居然千疮百孔。他说：这就像我们羡慕别人的生活，以为别人都比自己幸福，其实每个人都不容易。

这话，她记住了。

他就这样教会了她知足。

四

艺校终于没去成。那年高考结束后，她与朋友去西山写生，下山时一不小心摔伤了，脚踝处骨折。妈唠叨她：挺大个姑娘不在家好好等分数，出去疯跑。不争气的泪水顺着她的脸恣肆汪洋。他宽大的手拍着她的背：姑娘，哭什么哭，怕出事就不出去玩了，这是什么逻辑？妈妈瞪了他一眼，出去给她买吃的。他和她眨眨眼，不约而同地笑了。

高考录取通知书来时，她可以拄着拐杖慢慢走了。但是怎么去学校呢，她的嘴上起了一层水泡。他说：有你老爸呢，怕啥？

那天火车临时开了背对站台的车门，据说这样的事，坐一百次火车也不会赶上一次，但就是被他们赶上了。赶车的人都大步从车头绕过去。背着她，他略略犹豫了一下，然后说：丫头，你趴好喽！近五十岁的人，怎么跑过去呢？她不敢喘气。可是他弯下身去，手扶住一根枕木。铁路段的人拿着手电筒照了过来，父亲喘着粗气说：我女儿腿坏了，跑不动！那人叹了口气，说：快点吧，我帮你看着，小心碰着。父亲在火车下面爬出来时，她已是泪流满面。

坐在车上，惊魂未定，她说：如果那时火车开了，咱们就都完了。

他点燃一根烟，说：人哪有那么容易就完了呢？

他就这样教会了她从容。

五

读他写来的第一封信时，她哭了。他在信里说了很多话，都是生活里细得不能再细的事，难得的是他都替这个粗心的女儿想到了。

旁边有人递过来一块手帕,她接了,说:真的再不会有第二个人对我这么好了。却听到他说:会有的,一定会有。抬头,看见刀条脸,却是斯文的白。她破涕为笑。

她写信告诉他她恋爱了。隔了一周,她正在睡午觉时,他打来电话问男友的相貌人品。她说:都还好。他在话筒那端说:还好不行,一定要找个真心对你的。她喊了一声爸,然后泪如雨下。都说爱情是块伤,哪会有像他这么好的。

没几日,他匆匆赶来。她心里有些怨他这样兴师动众,只不过是孩子般地相处一下,哪就到了谈婚论嫁的地步了呢?

见了男友,他兴冲冲地回来,对她说:丫头,你眼力不错,他是个能让你终身依靠的人。她笑他迂腐,才开始,怎么想到终身了? 和他撒娇说:是不是急着把你这个姑娘嫁出去了? 他摸了摸她长长的头发:哪有一辈子在父母身边的。她的心一酸,眼泪又掉了下来,却点点头。她知道,他总是对的。

他就这样教会了她要面对人生的寻常别离。

六

临到大学毕业那一年,暑假要去面试,她破例没回家。打电话给家里,接电话的总不是他。妈说着各种各样的理由。她的心怎么也安定不下来,男友说:回去看看吧!

进门第一眼就看见桌上他的照片上围了黑纱。她只叫了声"爸"就晕了过去。

醒来恍然见到他端来水,叫她大姑娘。弟说:爸听说谁家有个亲戚在你念书的那个城市里管点事,去找人家帮你找工作,结果就被车撞了……又说:送他那天,来了好些他的学生。

泪怎么也止不住,她不过是身陷爱情中,竟忘了给他打电话,告诉他她已找好了工作……

他说过，他死后要埋在一棵松树下。她和弟弟妹妹捧着骨灰找了河边的一棵大松树下安葬了他。她站在树前，双膝跪下，说：爸，这世上再不会有第二个你。她知道他还有一件事没告诉她：她真的是赶花人丢下的孩子。很小时，她听到他对周围的邻居说：她还小，我们养了她，就是她的父母。

她也没来得及告诉他：是不是亲生的父亲都没关系，因为再也不会有人比他更爱她。

他就这样，用他一生的爱，教会了她感恩。

儿子作弊

◆文/唐新勇

不久成绩公布，儿子真的考了全班第二名。

儿子读小学二年级时，成绩在班里倒数第一，还是学校出了名的捣蛋大王。我和妻子急得没办法。

不久，刚好小姨子大学毕业后在广州找工作，住在我家，就顺便给儿子补课。

不知小姨子用的什么办法，调皮捣蛋的儿子一下子很听她的话。每天早上很早就起床上学；放学后又在小姨子的指导下温习功课，有时还温习到很晚。

转眼到了期末考试。这天晚上，儿子紧张地对他小姨说："我有点怕，怕考不好。"

小姨子说："那你考试时就一直想象我在你身边……"

考试那天，儿子很快就把前面的题目做完了，最后一道附加应用题却把他难住了。他低着头东张西望,不时用手摸摸左腿。

时间一点一点过去。同学逐渐减少,儿子越来越紧张。监考老师双眼一直盯着儿子。突然,老师看见儿子偷偷地往左腿看,一个箭步冲上去,抓过儿子的试卷叫道:"你作弊!"儿子惊呆了,拉住老师的衣襟,"老师,我没作弊。"

这时校长刚好巡逻到这里,把监考老师同儿子叫到办公室。"我没作弊,校长你要相信我。"儿子说。

其余的老师都围过来,门外、窗户边都站满了好奇的同学。他们议论纷纷:"这不是那个调皮又捣蛋的明明吗?"

"肯定是把答案写在腿上了,撩起裤腿看看就知道了。"

儿子死死地抱着左腿,哭着大声说:"校长,老师,我真的没作弊呀!"

儿子边哭边慢慢撩起左腿的裤子,只见上面写着:明明是最勇敢、最棒的孩子!明明,相信小姨的话,这次考试你一定能考到前几名……

所有的老师都惊呆了,不久成绩公布,儿子真的考了全班第二名。

卖菜人生

◆文/康 达

做人不能自视太高,还要善于把握时机。

我曾在一家公司工作,后来那家公司倒闭了,我也失了业。我只好重新去找工作,这一找,就找了半年。半年后,我依然在家里待业,苦闷极了。父亲问我:"这半年里,难道就没有一家公司愿意录用你?"我说:"有,可是工资太低了,月薪大多只有七八百元。"父亲说:"七八百就七八百吧,先干起来再说。"我说:"那怎么行?我在原来那家公司月薪是两千元的,我一定要找到一份月薪两千元的工作。"父亲笑一笑说:"跟我去卖一天菜吧。"我想反正没事干,就答应了。

我和父亲卖的是菜花,在市场上一摆开,就有一个中年妇女来问:"这菜花怎么卖?"父亲说:"一块钱一斤。"中年妇女说:"人家的菜花最多八角钱一斤,你怎么要一块钱一斤?"父亲说:"我的菜花是全市最好的。"中年妇女撇撇嘴,连价都不还就走了。

我们的菜花确实是全市最好的,卖一块钱一斤合情合理。可是一连几个人来问过价后都不买,我有点着急了,就对父亲说:"要不,我们也卖八角钱一斤吧?"父亲说:"急什么? 我们的菜花这么好,还怕没人买?"

说话间,又有一个人来问价了,父亲依然说一块钱一斤。这人实在喜欢我们的菜花,就是嫌太贵了。他软磨硬磨,一定要父亲降一点,可父亲就是不松口,那人咬咬牙说:"减一角,九角一斤,我全要了。"父亲说:"少一分也不卖。"

那人叹一口气走了。

那个人走后,时间就不早了,买菜的人越来越少,菜价开始往下跌。别人的菜花大都卖完了,剩下没卖的已经降到六角钱一斤。我说:"我们干脆也卖六角钱一斤算了。"父亲说:"不行,我们的菜花是最好的。"

天快黑时,一个老头过来踢了一脚我们的菜花问:"这一堆一块五角钱,卖吗?"父亲扭头问我:"卖不卖?"我没好气地说:"反正不值钱了,卖了吧。"结果,老头用一块五角钱买走了我们的一大堆菜花。回家的路上,我埋怨父亲说:"早上人家给九角一斤你为什么不卖?"父亲笑笑说:"是呀,那时候出手该多好,可早上总以为自己的菜花值一块钱一斤,就像你现在总以为自己月薪必须两千元一样。"

父亲的话使我深深震动。人生其实就像卖菜一样,要卖得好价钱是不容易的,有时候,越想卖高价越卖不出去,最后贱如泥。做人不能自视太高,还要善于把握时机。第二天我就到一家公司上班了,月薪六百元。

老马和小马的幸福生活

◆文/艾　妃

老马，下辈子如果你还记得我，我们死也要在一起！

一

尽管无休止的争吵与冷战让我几乎精疲力竭，可我依旧没有在离婚协议上签下自己的名字。她说："你这样做只会让我们一家三口都不幸福。"我坚定地摇头，在小马没同意我们可以分开以前，我绝对不会协议离婚！

她找小马谈过，我也同小马商议过，他的答复只有一句："我不同意你们离婚，如果你们离婚我就离家出走！"小马是个说到做到的孩子，尽管他刚刚十周岁。我和她商量，等小马的情绪稳定下来再说，然后，我们开始真正意义的分居，我睡在客厅沙发上。

小马叫我与他一起睡小床，被我拒绝，我说："你明天还要上学，小床太挤，你会睡不好。"他站在原地，许久进了房间，再出来时抱着一个被子，盖到我身上，他说："那你可别着凉！"我看着他和我相像的脸，鼻子酸酸的想哭，这是我最常对他说的一句话。

那晚，我做梦：小马真的离家出走了，我到处找他，终于看到了马路对面的他，我急匆匆地跑过去……然后我醒了，是被自己猛然从沙发上掉下来惊醒的，嘴里还在喊着"小马、小马"。

客厅的灯开了，是只穿一条内裤的小马开的。我一把把他拉进怀里，告诉他我做了什么样的梦。他在我怀里咯咯地笑，我也跟着笑起来。

笑过,他把手搭在我的肩上,很严肃地说:"老马,我同意了,你们离婚吧!"

我和她领取了离婚证。她从家里搬出去那天,小马一直躲在自己房间,不肯出来。她在门外叫小马,里面没有回应。

厚重的防盗门发出沉闷的响声,小马忽地打开房门,冲出去,喊:"妈,妈妈别走!"我没有拦他,他跑出去后,我听到走廊里传来母子俩的哭声,我靠在墙上,眼泪哗地落了下来。我觉得,没有维护好这场十年的婚姻,最愧对的就是小马。

小马回来后,在我身边坐下,眼圈通红。我想说"对不起,儿子",可他先开口:"老马,我们打扫卫生吧!"他蹲下擦地板时,我听到他嘴里哼着一首歌,不太清楚,但我听到最后一句歌词是:日子要过路还长!我觉得好笑,又觉得心酸。

晚上,我一个人躺在那张一米八的双人床上,心里说不出什么滋味儿,忽然想到某个作家说过:一个人的双人床很冷。台灯始终开着,小马推门进来,问我:"怎么还不睡?"我说:"睡不着!"他掀开被子躺在我身边,学着我的语气:"睡吧,早睡早起长大个。"

我伸出胳膊抱他,他甩开我,"哎呀,别搂搂抱抱的。"我忍不住笑了,给了他一巴掌,我问:

"怎么忽然就同意了?"

他不说话。我追问,他转过身,舔了舔嘴唇:"快到冬天了,我不想再让你睡沙发。"我看着他,久久没有出声,他摆摆手,不耐烦,"睡吧睡吧,明天还得上班,我就今天陪你,明天你可就得自己睡了。"

我对着他的背,嘿嘿笑了,两行眼泪随之落了下来。

二

冬天说到就到了,我和小马每天穿着羽绒服,骑在摩托上,用他的话说,像两只大熊。我把他送到学校门外,每天嘱咐同样的话:"小马,认真听课!"他一边走一边回头嚷:"老马,骑车小心!"

其实从前,我和他也是这样,可我总感觉,我们离婚以后,小马更加懂事了,比如他常常会说:"哎,老马,你知道吗?抽烟多了肺就变黑了,不如你把烟戒了!"再比如,他会在出门前提醒我擦擦皮鞋,说:"男人嘛,头可断,血可流,皮鞋不能不打油!"他那副小模样,也经常惹得我在他头上轻打一巴掌,他就急急躲开,嚷嚷:"别弄乱我发型。"

令我欣慰的是,小马是个快乐的小孩儿,单亲家庭的孩子,最难得的就是快乐。大多时候,我甚至觉得他快乐得有点没心没肺,他从没说过想妈妈,我们两个人去动物园,别人都是一家三口时,他从不流露出羡慕的样子,还会跑到人家孩子面前问:"你的棉花糖在哪买的?"

直到我发现他枕头下的照片前,我一直这样认为。

那是一张二寸的小照片,他妈妈很多年前照的。我在小马床上坐了很久,看着那张已经泛黄的照片,我知道,小马其实很想念他的妈妈。

那晚,小马赤着脚站在我门外,小心翼翼地问:"老马,你拿我照片了?"我点头,说:"你来,这里有很多照片,你挑张大点的吧!"他咧着嘴笑:"不用不用,我不想妈妈,真的,老马。"

说完他跑回自己的房间,我跟了过去,把照片还给他:"为什么说谎?那是你妈妈,你想她,我又不会生气!"他犹豫着伸过手接了照片,说:"这张,我妈最漂亮,像电影明星。"

从前,漂亮的妈妈始终是他的骄傲,可我们离婚后,他几乎不再提起妈妈,这对一个孩子而言,是多么苛刻的事情。我转身,没让他看到我眼底有泪,他在身后叫住我:"爸,其实我挺想我妈,我就是怕说出来,你会伤心。"

三

那天,我接到了小马班主任的电话,让我到学校去一下。我没有想到,让我去的原因竟然是他在厕所里抽烟。我当时紧紧握着拳头,强行把他拉出办公室,路上,我一边骑摩托,一边大声喊:"马天旭,你为什么抽烟,说!"

他没有回答,我更加气愤了,把车停在路边,抬起脚踢在他屁股上,有些用力,他险些摔倒,却依旧不答话。我从来没有对他发过这么大的脾气,以往,他即使因为打架被找家长,我也尽量心平气和地同他谈,这次,我真是气愤到了极点,小小年纪,竟然偷着学抽烟。

回到家,他一声不响地打扫羽绒服上的鞋印——那是我踢的,我看着他,心软下来。我说:"小马,如果你现在对我说,你以后再也不抽烟了,我就原谅你。"他抬起头盯着我,一字一顿地回答:"老马,如果你现在对我说,你以后把烟戒了,我就答应你!"

我愣住,不知道他小小的脑袋里在想什么。他死死盯着我,忽然就哭了出来。小马太久没有哭过,他这一哭,我有些不知所措,蹲在他面前柔声问:"是不是爸踢疼你了?"

他摇头,抽泣着:"爸,你把烟戒了吧,我们教务主任,被检查出肺癌了,听说是抽烟给害的,你要是不戒,我也学抽烟,要死,咱俩也得死在一起!"

我摸着他的头,本想笑一笑,对他说"怎么会呢,爸不会死的",可是我的眼泪不争气地涌出来。我点头,我说:"不抽了,儿子,咱谁也不抽了,咱爷俩都好好活着!"

戒烟的那段时间,我每天嚼着口香糖,别人问起,我骄傲地傻笑:"儿子给买的口香糖,为了让我把烟戒了。"小马信誓旦旦地表示:"只要老马戒烟成功,我就大大地奖励你。"结果,他所谓的大大奖励,就是一副鞋垫,还买小了一码,垫在脚下,大脚趾前的部分是空的——但是温暖,那副鞋垫都变了颜色,我也没舍得扔。

天气渐渐暖起来,冰雪开始融化,小马说路滑,不让我再骑摩托,让我办两张公交卡。我说:"不用,老马的技术你还不放心? 摔不到你,胆小鬼!"

他急了:"谁是胆小鬼,我才不怕摔,我是怕你摔坏了,就你那老胳膊老腿的。"说着他还装出弯腰驼背的样子,咳嗽着,"哎呀,人老了,不承认不行呀!"我追上去,两个人扭打成一团。后来楼下的邻居说:"你们爷儿俩天天在家打野战啊,叮叮咣咣的。"

结果没想到,应了小马那句话,我在下班去学校接他的路上,滑倒了,摩托车倒下后,惯力又带着我滑出去一小段路,我试图用胳膊支撑着站起来,却发现,右胳膊疼得无法动弹。到医院去,果然是骨折。

小马赶到医院时,我在病房里就听到了走廊传来"狼哭鬼叫"声,也听不出来他喊的是老马还是老爸,反正当他出现在我面前时,浑身都是泥,他直接扑在我身上,哇哇地哭得很夸张。

我笑:"哎哎哎,老马活得好好的,你这一哭,容易把火葬场的哭来。"他还是赖在我身上,哭得浑身颤抖,结结巴巴地说:"你……你……吓死我了!"

他擦着眼泪说:"在来医院的路上,摔了一跤,挺疼的,当时费半天劲才爬起来,我就想,这点小伤算什么,怎么能比得上黄继光堵枪口,怎么能比得上邱少云火烧身,怎么能比得上……"

眼泪还没擦干,他就又开始贫嘴,把医生护士逗笑了,后来他说:"老马,我挺后悔的,不让你来接我就好了。"

我说:"没事,不疼!"

他说:"不疼让我打一拳试试!"

我笑了起来,看着眼前这个和我长得一个模样的小男子汉,心里满是幸福。我想,小马,是上天赐给我的幸福。

四

很久以后,有热心的朋友帮我介绍女朋友,我试探性地问小马:"再给你找个妈妈好不好。"他正喝水,含在嘴里半天没咽下去,我连忙改口:"算了算了,我和你开玩笑呢!"

他喝完水,吧嗒吧嗒嘴说:"老马同志啊,你也这么大了,自己的事情自己做主吧!"我嘴里的水险些喷出去。

也真的去看过几个,总是因为各种原因而未能修成正果,小马替我分析:"是不是你要求太高了。"我摇头。他说:"那就是人家嫌你条件不好!"我也摇头。他想了想,"哦,那可能是人家觉得你长得太寒碜!"我给了他一拳,说:"马天旭,你别忘了你和我长得格外的像,损我你也没好处!"

那次家长会后,小马的班主任把我留下,说马天旭最近挺有进步的,不过还是上课时搞小动作,而且……班主任顿了一下,笑着说:"你儿子想帮你做媒呢。"

我不解。班主任说:"上课时,马天旭和别人传纸条,被我没收了,上边写着:你回家问问你妈单位有没有单身女性,给我爸介绍一个,不用太漂亮,过得去就行,你知道,我爸长得也很谦虚!"

我觉得又好气又好笑,回家和小马对证此事,他嘻嘻哈哈地承认,还强词夺理地说:"我这也是为你好!"我说:"一边去,我的事不用你管,你要是再被老师告状,看我揍不揍你!"

他拍我的肩膀:"老马啊,武力解决不了任何问题,你这样会把那些对你有意思的女同志都吓跑的,何况,虐待儿童罪,可不小哦。"

我"扑哧"一声笑了,他凑过来,严肃地说:"爸,和你说真的,下次去约会,先别和人家说你有个儿子,这样效果可能好点。"我推开他:"这不是骗人吗?再说人家要来家里,你怎么办?"他说:"我到同学家躲躲。"

这次我没有笑,揽过他的肩,没再说话,喉头发紧,如此委屈小马的事情,我怎么做得出来,当时我就决定,再也不去相亲了。

前段时间,流行一首歌,叫什么名字我不知道,反正小马天天哼哼着,他说:"老马,下辈子如果你还记得我,我们死也要在一起!"

这是小马给我的承诺,父子间的海誓山盟。

这就是小马,我的儿子,他不优秀,长到十一岁了,也没有什么能发展成伟大人物的迹象,更算不上是神童,到现在,数学还有时不及格。可是,他是我的骄傲,这辈子唯一的骄傲!

写下这些文字时，小马就在我身后，他检查了一遍，点点头，说："写得不错，语句通顺，没错别字，不过最后一段话删了吧，数学不及格这种事，毕竟有点儿丢人！"

告诉美芽我爱她

◆文/凌霜降

后来爸爸说，美芽一边玩螃蟹一边哭了。

不要联想到那个尽人皆知的坏儿童小新，也不要联想到那个有点可怜的妈妈美芽。因为这个美芽比那个美芽要可恶很多倍，而我这个小新要比那个小新乖无数倍。

可是美芽还是很不满意。很多人，包括我们的亲戚和邻居都觉得美芽提早进入更年期并且把更年期无限地延长了 n 倍。美芽甚至非得让我直接喊她的名字美芽而不是妈妈。她不允许我把她喊老了。

可恶的美芽还曾把我和一个女孩的聊天记录打印成稿在左邻右舍中发放了很多份，然后告诉别人说：你看吧你看吧，上网就这个坏处，我家小新居然都成了 40 岁的老男人，还去骗人家小女孩儿的感情，多坏。一时让我在小区里再无立足之地，天天上学放学都像过街的老鼠，甭提多丢人了。其实我只不过是在安慰那个据说父母离异天天想着自杀的小女孩儿才扮成熟。我招谁惹谁了？

我知道美芽唯恐天下不乱，八卦多事到能把芝麻绿豆大的事说成世界末日。可我是她儿子，她怎么忍心拿她儿子的私生活作为她的八卦作料？

我 17 岁了，可是比一个 7 岁的小孩更没有任何自由。这样的生活让我自己觉得我很快会身心发育不健全,然后成为一个和美芽差不多的疯子,至少我很多时候认为她是个疯子。

一

从小到大,我极少让美芽出现于我的学校生活。我甚至不喜欢提到我的妈妈,宁愿别人在背后偷偷地说梁晓新是不是没有妈妈呀。没有妈妈不是什么可怜的事情,有一个像美芽这样神经质得可怕的妈妈才是人生的不幸。

我的哥们儿小蔡告诉我,我的寡言成为了全班女生眼里的忧郁少年,其中还包括了小蔡最欣赏的杨意柳。

正说着,小蔡忽然停了下来,然后很风骚地喊:杨意柳,我们在这儿!晕,我们只穿着泳裤而且还没有下水,小蔡这家伙也不怕难为情。事实上我想我不是很习惯穿得这么少的时候在自己很有好感的女生面前出现,那样感觉比较丢脸。

嘿,晓新。杨意柳走近,向我打招呼。她穿着条小吊带裙子,很可爱的样子。我不知道为什么忽然有点慌,刚想说什么,我的脚下却不是很配合地滑了一下,结果,我虽然没有很丢脸地滑倒在地上做四脚朝天状,但也很没面子地掉到了游泳池里喝了好几口水。偏偏在水中还听到小蔡叫:晕。见到女生而已,你不用这么丢脸地用摔倒作为回报吧?

二

游泳池事件后,小蔡提议一起去喝东西。吃冰的时候,我们相谈甚欢。忽然发现杨意柳比想象中要可爱得多了。走的时候她说:以后游泳叫上我啊,和你们一起很开心!

小蔡很爽快地满口答应,我则左顾右盼看看周围是不是有美芽的眼线。有时候我觉得自己简直是生活在万恶的旧社会里的地下党人,时刻警惕着以美芽为首的特务的监视和迫害。

路上,我拿出 MP3 听英文的时候,小蔡扯过去:我说梁晓新,你那么用功做什么呀?你成绩已经快成状元了。我懒得理他,难道我要告诉他我就是要考到离这里最远的地方去远离可怕的美芽?

第一次发现回到家里竟然半个人都没有。赶紧打了老爸的手机。不通。坐了好一会儿,怎么也想不起美芽的手机号码。8 点,我啃完了第二包方便面,门仍然没有什么动静。9 点,电话终于响起,是美芽在那边哭:小新,我们在医院里。爸爸今天被车撞了。

我一阵眩晕,赶紧问地址,偏偏美芽只顾着哭,半天没说出一个字来。我只好挂了电话,查来电号码,然后把家里的存折和钱都带上跑出门。果然不用指望美芽会在出门的时候懂得带上这些东西。八成是医生在急救,她在外面哭,然后发现忘记带钱了哭得更厉害。

完全晕掉,唉。

三

忽然发现手术室外面的走廊很空,很长。美芽还在哭。声音在走廊里来来去去,让我烦躁得像一颗将爆的炸弹。

妈,你能不能安静一点?我试图让她安静,她却哭得更厉害:混蛋小新,都怪你。今天和谁去吃雪糕?一个高中生,你居然就学人家约会。都怪你。我想过去找你问清楚,害你爸爸被车撞到。混蛋小新!

我完全呆掉。不难想象一定是美芽发现我和杨意柳在吃东西,然后冲动地要穿过马路,再然后,我可怜的爸爸为了救她不幸被轧于车轮下。

刘美芽!你给你身边的人一点儿安静,给自己一个机会好不好?你就不能控制一下你的好奇和冲动,就不能像一个真正的大人一样成熟一点吗?或者,美芽从我出生到现在都不曾见过我这样吼她,更或者,我这个儿子这样的态度让她感觉到害怕。她忽然静了下来。

而我却没法儿安静:你想过没有?你这个样子,给我和你身边的人多少压力？你以为你还是一个15岁的小姑娘吗？你不能稍微做一个像样一点的妈妈吗？你已经38岁了,不是18岁,我是你的儿子,我才是18岁,我需要一点点健康长大的空间和自由。

当我说完的时候,美芽的眼睛,就像我是她不共戴天的仇人,又像我是迫害良家妇女的黄世仁,看了好一会儿,直到我的心里发毛得够呛之后,她"哇"的一声大哭起来。我目瞪口呆,我早就应该知道,是不能和美芽说任何道理的。对于她来说,任何道理都是废话一堆。

我在路过的护士们很鄙视我这个不孝儿子的眼神里发誓:我绝对地绝对地要远离这个女人。尽管她是我的妈妈。

四

我每天往返于医院和各种补习班之间。美芽很多时候不愿意去医院,她认为医院的气味很奇怪,让她难受。她只是在邻居之中,不断地对人说因为发现我早恋而冲出马路,爸爸为救她而住院的事情。不断地说不断地说,像祥林嫂一样。邻居和我都习惯于她的这一种行为,很难得的是原来世间还真有那么多无聊的人陪着美芽一起说这些事。

爸爸很幸运,但也要一个月之后才可以出院。美芽宁愿跟踪我,也不愿意到医院去照顾爸爸。我自然再不敢、也没有空约上小蔡和杨意柳去游泳。一来美芽总在跟踪我,二来我要照顾爸爸。

爸爸出院的那一天,美芽终于亲自到医院来接他,打扮得很漂亮,在坐在轮椅上的爸爸身边转圈:我漂亮不？爸爸很高兴地笑说很漂亮。我站得远远的,冷冷地看,幸好美芽没过来缠着我,要我赞美她漂亮。

我忽然很同情爸爸,他需要多大的耐心,多深的爱情,才可能容忍一个像美芽这样的妻子。

五

终于到了高三。忙得已经没有什么时间去和小蔡聊漂亮女生或者谁暗恋谁。我只想考一个远离广州的大学。这是我心中唯一的目标。

美芽仍然对于我的行为时刻注意。她从来不问我的功课好不好,她只是一如既往地翻我的笔记,偷开我的电脑,试图破解我的 QQ 密码诸如此类。有一天,她对爸爸哭,她说:小新都不让我了解他。小新好像在恨我。我听到爸爸在叹气:美芽呀,你什么时候会好呢?

高考前一周,爸爸说要带美芽去旅游,居然就真的去了。也不管我这个儿子正在经历人生最大的考验。

收到中大录取通知书的时候,爸爸很高兴地买了葡萄酒。美芽很快喝醉睡了。我想幸好美芽喝醉的时候是安静的。爸爸说:小新,我以为你会考到北京或者什么地方去。我拍着他的肩膀说:爸,你辛苦了。以后我会和你在一起照顾美芽。爸爸显然有些惊讶:小新?

是的。我知道了。美芽在我 1 岁的那年,因为抱着正在发烧的我赶去医院从楼梯上摔了下去。我没事,美芽的头却撞伤了,甚至伤及神经,智力衰退得只有 15 岁。我说:你们去旅游的时候,我收拾房间发现了诊断书。爸爸,对不起。

没事。爸爸就哭了。

六

母亲节的时候,爸爸带了美芽到上海去看医生。

我打电话去,美芽不愿意接。爸爸说她在海滩上玩螃蟹玩得正开心。我只好说:爸爸,我爱你。然后告诉美芽我爱她。

后来爸爸说,美芽一边玩螃蟹一边哭了。

给 予

◆文/田玮东

从那天起,保罗真正懂得了"给予是快乐的"这句话。

我有一位朋友名叫保罗,在圣诞节前夕收到了一辆新轿车。是他哥哥送给他的圣诞礼物。圣诞前夜,他从办公室里出来,看见一个小淘气正在看他的新车,小男孩儿问道:"先生,这是你的车吗?"

保罗点点头,"我哥哥送给我的圣诞礼物。"小男孩儿吃惊地瞪大了眼睛,"你是说这车是你哥哥白白送给你的,你一分钱都没花? 天啊! 我希望……"他犹豫了一下。

保罗当然知道他希望什么。这个小男孩儿会希望他也有一个这样的哥哥。但是那小男孩儿接下去说的话却让他对这小男孩儿刮目相看。

"我希望,"小男孩儿接着说,"我将来能像你哥哥那样。"

保罗吃惊地看着这个小男孩儿,不由自主地问了一句:"你愿意坐我的车兜一圈吗?"

"当然,我非常愿意。"

车开了一段路,小男孩儿转过身来,眼里闪着亮光,说道:"先生,你能把车开到我家门口吗?"

保罗笑了,这回他想他知道这小男孩儿想干什么,这小男孩儿想在邻居们面前炫耀一下他是坐新轿车回家的。但是保罗又错了。小男孩儿请求他:"你能把车停到那两个台阶那儿吗?"

车停后,小男孩儿顺着台阶跑进了屋,不一会儿,保罗听到小男孩儿又返回来了,不过这次他回来很慢。他背着他脚有残疾的弟弟,他把他放在最下面的台阶上,然后扶着他,指着车对他说:"弟弟,看那新车,是不是跟我在楼上告诉你的一样。他哥哥送给他的圣诞礼物,他一分钱也没花,你等着,有一天我也会送你一辆车,那样你就可以坐在车里亲眼看一看圣诞节商店橱窗里那些好东西!"

保罗下了车,把那个小男孩儿抱进了车里,那位小哥哥也坐进了车里,他们3个人一起度过了一个难忘的夜晚。

从那天起,保罗真正懂得了"给予是快乐的"这句话。

我和橘皮的往事

◆文/梁晓声

以后我受过许多险恶的伤害,但她使我永远相信,生活中不只有坏人,像她那样的好人是确实存在的……

多少年过去了,那张清瘦而严厉的、戴六百度黑边近视镜的女人的脸,仍时时浮现在我眼前,她就是我小学四年级的班主任老师。想起她,也就使我想起了一些关于橘皮的往事……

其实,校办工厂并非是今天的新事物。当年我的小学母校就有校办工厂,不过规模很小罢了。专从民间收集橘皮,烘干了,碾成粉,送到药厂去。所得加工费,用以补充学校的教学经费。

有一天,轮到我和我们班的几名同学去那小厂房里义务劳动。一位同学问指派我们干活的师傅,橘皮究竟可以治哪几种病?师傅就告诉我们可以治什么病,尤其对平喘和减缓支气管炎有良效。

我听了暗暗记在心里。我的母亲,每年冬季都被支气管炎所困扰,经常喘作一团,憋红了脸透不过气来。可是家里穷,母亲舍不得花钱买药,就那么一冬又一冬地忍受着,一冬比一冬气喘得厉害。看着母亲喘作一团,憋红了脸透不过气来的痛苦样子,我和弟弟妹妹每每心里难受得想哭。我暗想,一麻袋又一麻袋,这么多这么多橘皮,我何不给母亲带回家一点儿呢?

当天,我往兜里偷偷揣了几片干橘皮。

以后,每次义务劳动,我都往兜里偷偷揣几片干橘皮。

母亲喝了一阵子干橘皮泡的水,剧烈喘息的时候分明地减少了,起码我觉着是那样。我内心里的高兴,真是没法儿形容。母亲自然问过我——从哪儿弄的干橘皮?我撒谎,骗母亲说是校办工厂的师傅送给我的。母亲就抚摸我的头,用微笑表达她对她的儿子的孝心所感受到的欣慰。那是穷孩子们的母亲们普遍的最由衷的也是最大的欣慰啊!不料想,由于一位同学的告发,我成了一个小偷、一个贼。先是在全班同学眼里成了一个小偷、一个贼,后来是在全校同学眼里成了一个小偷、一个贼。

那是特殊的年代,哪怕小到一块橡皮、半截铅笔,只要一旦和"偷"字连起来,也足以构成一个孩子从此无法洗刷掉的耻辱,也足以使一个孩子从此永无自尊可言。每每的,在大人们互相攻讦之时,你会听到这样的话,"你自小就是贼!"——那贼的罪名,往往由于一块橡皮、半截铅笔。那贼的罪名,甚至足以使一个人背负终身。即使往后别人忘了、不再提起了,在他或她的内心里,也是铭刻下了。这一种刻痕,往往扭曲了一个人的一生,改变了一个人的一生,毁灭了一个人的一生……

在学校的操场上,我被迫当众承认自己偷了几次橘皮,当众承认自己是贼。当众,便是当着全校同学的面啊!

于是我在班级里,不再是任何一个同学的同学,而是一个贼。于是我在学校里,仿佛已经不再是一名学生,而仅仅是,无可争议的是一个贼、一个小偷了。

我觉得,连我上课举手回答问题,老师似乎都佯装不见,目光故意从我身上一扫而过。

我不再有学友了,我处于可怕的孤立之中。我不敢对母亲讲我在学校的遭遇和处境,怕母亲为我而悲伤……

当时我的班主任老师,也就是那一位清瘦而严厉的、戴六百度近视镜的中年女教师,正休产假。

她重新给我们上第一堂课的时候,就觉察出了我的异常处境。

放学后她把我叫到了僻静处,而不是教员室里,问我究竟做了什么不光彩的事。

我哇地哭了……

第二天,她在上课之前说:"首先我要讲讲梁绍生(我当年的本名)和橘皮的事。他不是小偷、不是贼,是我嘱咐他在义务劳动时,别忘了为老师带一点儿橘皮。老师需要橘皮掺进别的中药治病。你们如果再认为他是小偷、是贼,那么也把老师看成是小偷、是贼吧……"

第三天,当全校同学做课间操时,大喇叭里传出了她的声音,说的是她在课堂上所说的那番话。

从此我又是同学的同学,学校的学生,而不再是小偷、不再是贼了。从此我不想死了……

我的班主任老师,她以前对我从不曾偏爱过,以后也不曾。在她眼里,以前和以后,我都只不过是她的四十几名学生中的一个,最普通最寻常的一个……

但是,从此,在我心目中,她不再是一位普通的老师了。尽管依然像以前那么严厉,依然戴六百度的近视镜……

以后我受过许多险恶的伤害,但她使我永远相信,生活中不只有坏人,像她那样的好人是确实存在的……因此我应永远保持对生活的真诚热爱!

感恩雨

◆文/佚　名

那场雨救了我们的农场，就像那天我的儿子救了那只小鹿一样。

这是旱季里最热的一天，几乎连续一个月没有下雨。田里的农作物正在枯死，母牛挤不出奶，溪流已干涸。看来在这个旱季结束之前会有好几个农场主要宣布破产了。我的丈夫和他的兄弟们每天都要费很大的劲把水弄到田里去，过了不久我们只好开车到附近的水站运水，可很快严厉的配给制度让每个人都取不到多少水。如果老天不下雨的话，我们很快就会失去所有的一切。

正是在这大热天，我亲眼目睹了平生所遇到的一个奇迹，也真正理解到了分享的意义。当我在厨房为丈夫和他的兄弟们做午餐时，我看到了6岁的儿子比利正向树林走去。他的样子很严肃，一点也没有平常走路时充满孩子气的横冲直撞。我只能看到他的背部，不过很显然他走得很费劲，他在努力地保持平衡。进了树林几分钟后，他又朝房子这边跑回来。我则继续做三明治，想着不管比利在做什么，他也都该做完了。

然而过了一会儿，他又继续缓慢而坚定地向树林里走去。这种行为持续了一个小时，他小心翼翼地走进树林，然后往家里跑。最后，我实在忍不住了，蹑手蹑脚地走出房子跟着他。我小心翼翼，不想被他发现，因为很明显，他"身负重大使命"，而且也不需要妈妈的过问。

只见他把手掬成杯状，小手里捧着大约两至三汤匙的水，小心翼翼地走着，以免洒了手中的水。在进林子后我偷偷地靠近他。树枝和荆棘划过他的小脸，可他并没有避开。他有更重要的事要做。当我倾身窥伺时，我看到了一幕不可思议的画面。

几只硕大的鹿赫然耸立在他面前，而比利直接向它们走去，我吓得几乎大叫让他躲开，其中一只有锋利鹿角的大公鹿离他特别近。但这只公鹿并没有吓着比利，甚至在比利跪下时它也一动不动。我看到一只小鹿趴在地上，很明显它正承受着脱水和中暑的痛苦，它费劲地抬起头舔着盛在我那可爱孩子手中的水。等到水被喝干后，比利站了起来，转身向房子跑去。我跟着他回到家，来到我们的储水罐前，比利尽力拧开水龙头，只见一小滴水开始流下来。他跪在那儿，让水慢慢地滴在他那临时的"杯子"中，阳光直刺在他的背上，突然间我明白了比利为什么不叫我帮忙的原因——上星期他因为玩弄水管而遭到处罚，得到了不能浪费水的教训。大约20分钟后，他的手里盛满了水。

当比利站起来准备往林子里走时，我拦住了他。他泪眼汪汪地说："我没有浪费水。"说完就朝树林走去。我也从厨房拿来了一小壶水，加入了他的行列。我让他独自照顾小鹿，自己没有插手。这是比利自己的事。

我站在树林边，望着我所见过的最美丽的心灵努力地营救另一个生命，泪水顺着我的脸庞掉在地上。然后，我突然间发现一滴、两滴，接着越来越多的水滴掉了下来。我仰头望天，甘霖从天而降。也许有人会说这只是一个巧合，并没有真正的奇迹，毕竟雨总是要下的。而我要说的是：那场雨救了我们的农场，就像那天我的儿子救了那只小鹿一样。

健康的身体不怕传染

◆文/佚 名

如果我是健康的，我不怕别人来传染；如果我是好人，我不怕别人教我学坏，因为好人是不会去学坏的。

一位小伙伴染上了很麻烦的、还易传染的皮肤病，为了自家孩子的健康，很多家长都告诫各自的孩子不要再跟那个小伙伴接触。

但有一个小男孩儿例外，他仍然跟以往一样，与患病的伙伴一起上学放学，一起玩耍。邻居们都感到奇怪：因为这位小男孩儿的父母都是医生，他从小受到的卫生教育理应要比别人多，他没有理由不知道那样做的"危险"。

有好心的邻居阿姨提醒小男孩儿，小男孩儿看了看阿姨，回答说："妈妈告诉我，健康的身体是不怕传染的！"果真，直到患病的伙伴痊愈了，这位小男孩儿也没被传染。

好几年过去了，这位小男孩儿长成了大男孩儿，上了高中，是一个品学兼优的好学生，但是老师发现他有一个"缺点"，就是爱跟那些大家公认的"坏学生"在一起。这当然不是个好兆头！

因此，老师善意地劝告他要注意自己"好学生"的形象。但是男孩儿却自有他的主见：如果我真是变"坏"了，也只能证明自己在本质上并不是一个好学生，又怎么怨得了别人呢？

如果我是健康的，我不怕别人来传染；如果我是好人，我不怕别人教我学坏，因为好人是不会去学坏的。

"健康的生命是不怕传染的。"男孩子说，眼睛亮亮地看着老师。

与一只胖企鹅相互依偎

◆文/麦牙糖

一直想摆脱的负累,一转身,才发现是成长不可或缺的温暖。

一、胖企鹅和假小子的第一次交锋

胖企鹅的名字一点都不"胖",不仅不"胖",还非常"瘦",叫做李楚楚。

16年前的某天早上,街道幼儿园我战斗了两年多的班里,老师牵着一个很胖很胖的胖丫头走了进来,她走路的样子像只胖企鹅。老师说,这是新来的小朋友,她叫李楚楚。

老师后面的话被我打断了,我说,她叫胖企鹅。其他小朋友一阵哄笑,李楚楚比苹果还圆润还饱满的小脸一红,忽然"哇"的一声哭了。

那天,我因为乱给小朋友起绰号被罚站,而在我被罚站的时候,李楚楚捧了个和她的脸一样肥嘟嘟的苹果幸灾乐祸地大口嚼着。我和她的梁子,算是就此结下了。

那年,我5岁,她大我8天。老师说,你们都是冬天出生的孩子,应该彼此温暖。

我对李楚楚说,胖企鹅,我宁肯暖一只小狗也不会暖你。

她脖子一拧,我才不稀罕。

虽然被罚了站,背地里,我照样叫她胖企鹅,并因此很是看不起她,每次吃饭的时候,只要老师一不留意,我就小声说,那么胖还吃!羞!

羞！她便会向老师打小报告……这样的循环往复，让老师都头痛，渐渐地，不再认真地管这件事，于是她想了另外一个办法还击我，叫我"假小子"。

小时候我是个极其顽皮的孩子，没有一点女孩子的秀气，剪短头发，不安静，不穿裙子，常常"惹是生非"。而胖企鹅虽然胖，却恰恰很小女人，穿花裙子，扎蝴蝶结，走路慢慢悠悠，奶声奶气地说话，爱告状，爱哭……是我眼里很欠扁的那种小孩。但幼儿园的两年，我倒没有和胖企鹅动过手，原因很简单，我打不过她，她要比我重一倍，这一点，我还是有自知之明的。

幼儿园毕业，拍集体照时，我和胖企鹅又闹了我们幼年时期的最后一次别扭，我们坚决拒绝一起拍照，最后老师发了脾气，我们被强行拉到了同一个群体中。

那是我们的第一张合影照，胖企鹅气鼓鼓的脸被我用水彩笔涂得面目全非。

二、大一号的胖企鹅和大一号的假小子

因为同在一个社区，从小学到中学，我和胖企鹅谁都没有甩掉谁。虽然每天出了校门一个向左一个向右，但终归要走到同一个教室中。

因为上学了，我们都想变得像个大孩子，于是不再像小时候用那样的方式相互作对了，斗争的方式改成了好胜。比如：胖企鹅要是作业得了甲，我一定不会甘于得甲下。胖企鹅因为唱歌好被评为音乐课代表，运动会上我一定要跑三个第一把风头夺回来。而我们的绰号也因为彼此的存在不仅如影随形，还渐渐被散播开来。

胖企鹅的胖势一直丝毫不减幼年时，渐渐变作大一号又大一号。我也跟着这种大一号又大一号地变化，短发，穿球鞋，爱"惹是生非"。一直到读完初中，我和胖企鹅也没有像其他同学那样正常地交流过，我们看

对方的目光都充满挑衅,谁都不服谁的劲头,暗中较劲。

三、胖妞,爬吧爬吧累死你

终于,高中可以有机会自由选择学校了,自由的前提取决于成绩的高低。我潜意识里,一定很想摆脱胖企鹅胖胖的影子每天在我眼前晃来晃去,所以最后的半年,刻苦得让我爸妈感叹。

出色的成绩将我成功送入市重点高中,虽然因为离家远需要住校,我依然备感欣慰,开学时,竟然第一次听我妈的话穿了裙子。

报到,找宿舍,推门进去,迎面就贴在了一张大苹果般的脸上……那一年,胖企鹅必定存了和我一样的心思,所以考出了全市数学第一名的好成绩,被重点高中拉进了门。我们不仅分到了一个班一个宿舍,竟然她还睡在我的上铺。

天,她那么重,会不会把床压坏?我战战兢兢地听着她爬上去安置她的行李,已有些年头的双层木床因不堪重负"嘎吱嘎吱"作响。终于,我再也忍耐不下去,第一次在她面前放低姿态,趴在床头上看着她,用我最温柔的声音说,楚楚,要不,咱俩换一下吧?

她抬起头狐疑地看着我。我理解她的心情,从一米长到一米六还多,我们还从来没有这样正常地对过话。我小心地又重复了一遍,然后画蛇添足地说,你看,我比较瘦,爬上爬下地容易一些。

就是我这句话,一下得罪了胖企鹅,她把头一拧,说,不换,我喜欢睡上铺。

当时我真想照着她的脸给一拳,但是不行。从小我就不敢打她,现在,依旧不敢。我愤愤地说,胖妞!爬吧爬吧累死你。

她不甘示弱地回敬我,假小子,照照镜子看看你穿裙子的样子。

可以想象吗?高中的三年我们如何应对着这样上铺下铺的争斗,我每天晚上要提心吊胆地忍受着床铺不堪重负的声音,她每每躺下就要防备我恶意地蹬床顶,在这样恶劣的环境下,我们还要继续争强好胜地出风头……但,严重的问题还是出来了。高三的时候,我喜欢上一个男孩子,假小子的个性掩盖不住年少女孩儿的情窦初开,那个高高个子、不爱说话、英语流利的男孩儿让我上了心。

到底忍不住趴在床上写了一封信,就在给他和不给他之间游移的时候,信落到了胖企鹅手里——我一时疏忽,收拾东西把枕头下的信掉到了地上,这个混蛋丫头拾了信二话没说,以她所能达到的最快速度冲进了班主任的办公室。

结果可想而知,虽然因我也算成绩优良班主任给我留了面子没有在大会上公开批评,但也没有饶了我,他把我妈叫了去,一起给我开了斗争会。

那次我恨死了胖企鹅,不仅因为她出卖了我,她还扼杀了我美好的初恋,将它变成了这种不堪的结局。

那天晚上,我趴在床上写检讨书,边写边恨恨地重复两个字:汉奸!汉奸!汉奸……同屋的女孩儿不明所以,纳闷地问我,我不答,继续说着。那晚,胖企鹅躺在床上出奇的安静。没有翻身,没有下床。

高三最后的日子,我再没有正眼看过她,并因为怨恨她赌气要考到她考不上的大学。摆脱她的念头渐渐替代了我对那个男孩儿的喜欢。

夏天的那个黄昏,我和胖企鹅各自疲惫地离开考场,朝着相反的方向走,谁都没有再看谁一眼,我们就这样在彼此的怨怼里,走完了我们的少年时光。

四、没有人知道我和她,曾经一起"战斗"过那么多年

考去了武汉大学,离家几百公里的城市,是很好的学校,据说五月校园里会开满樱花。

推开宿舍门的时候,莫名地停顿了一下,探头看屋内,并无那个胖胖

的身影,笑自己,世界那么大,我没那么倒霉的。然后人就轻松起来,吹着口哨安置自己的物品,然后又吹着口哨去水房。

低头洗着洗着,哗啦啦的水声里,分明觉得气氛异样起来,怔了一会儿扭过头,胖企鹅的眼睛正贴在我身后,说,真是你啊!

我和她,真是阴魂不散,考了一所大学进了一个系,还分在了同一个楼层相对的宿舍。人算不如天算,那一刻,我不再气,只觉哭笑不得。其实算来算去,哪里又是巧合呢? 我们一直成绩相当,爱好类似,志向对等,这样的结果实在不算意外。幸好两人不同班,这让我小小松一口气,如此可以井水不犯河水,只当她不存在吧。

这样相安无事,走在同一个楼道里,没有人知道我和她,曾经一起"战斗"过那么多年。

开学一个多月后,"十一"长假又逢中秋,呼啦一下,同宿舍所有人都买了回家的票,等我醒悟过来跑去火车站,被告知,连路过车的站票都卖光了。

黄昏,我的心随着她们一个个离开渐渐慌张起来,毕竟是第一次离开家,我开始恐惧会不会那一栋楼里只剩下我自己。屋里再无他人,楼道里也渐渐安静,坐在那里,没有开灯,我感觉我很想哭。

听到敲门声,转头去看,竟是胖企鹅,半个身体在门里半个身体在门外,试探着朝里看。我把头转回来,懒得同她搭话。结果她先开口,问,你,你不回家过节啊?

没买到票。我翻了她一眼,这下她该高兴了。

这,这样啊。那我,我刚好也没买到票,要不,咱们,这几天咱们一块儿过吧。

奇怪,她什么时候变得结巴了?

想了半分钟,竟然没有拒绝她,可见这样的时候,内心真是脆弱,连一个我努力摆脱了十几年的人都不能拒绝。终归,她和我来自同一个地方,我们认识了许多年。

我挪开一点空让胖企鹅坐下,她嘿嘿笑两声,看着我说,你还是有点像假小子,把头发留起来吧,要不没男生追的。

我白她一眼,这么多年你还像胖企鹅呢,也不减减肥。

忽然我们都笑了,这么多年两个人在一起同路走着,谁都没有摆脱掉谁,总以为心里真的隐藏着很深的怨怼,但并不是那样的。那些怨怼,根本轻得没有任何分量。

五、冬天出生的孩子,要相互温暖

那天晚上,我把被子枕头搬到了胖企鹅的宿舍,和她头对头地躺着聊天,原来我们有那么多话可以说,因为我们有着那么漫长共同走过并彼此见证的光阴。我们是看着彼此长大的。难道不是吗?

一个话题一个话题地转来转去,忽然就转到了我的那一封让我恨过她的情书上,她说,其实那时候我真没想别的,我就是怕你分了心耽误学习,怕你……

结果你骂我是汉奸,还骂了那么多遍……

两个人就哈哈地笑起来。那是一种多么奇妙的感觉,如同两个并肩行走的爱人,走了多年后,才真正牵到对方的手。

竟然一觉睡到了第二天的10点半,那样舒适安然地睡在胖企鹅的身边。醒了,爬起来找她,她不在,应该去洗手间了。她的枕下,一本书露出天蓝色的一角,我不想起来,索性拿了书来看。翻开,中间夹的什么掉下来,以为是书签,低头去捡,却是一张粉红色的车票,目的地是我们家乡的小城,时间是昨天晚上8点半……

把车票夹进书里,把书在她的枕头下重新放好。我无端地想起多年前幼儿园老师说,你们都是冬天出生的孩子,要相互温暖。

我就哭了起来。

艾尔比的水彩笔

◆文/张怿男

真正的爱，没有主人，也没有奴仆，只有平等和尊严。

那天是星期五，有很好的太阳，我穿着一条肥大的工装裤在院子里修剪草坪，而我的丈夫和儿子正在客厅里吵嚷着下五子棋。草坪修剪差不多到一半的时候，客厅里的电话响了，是那天的第一个电话，平时的周末我们家的电话还真不多。儿子阿伦正在大声责怪父亲趁他不注意偷走了两步，父子俩争得面红耳赤，看来他们谁也不会接电话了。我只好放下剪刀，脱下笨重的靴子走进客厅。

我赶到的时候，电话差不多已经响了一分钟，我能想象得到，如果我再迟到一秒拿起话筒的话，对方一定要悻悻然挂机的。果然，当我拿起话筒还没来得及问好，对方就怒气冲冲地问："请问这是艾尔比家吗？"是个嗓门很大而且语速很快的老年妇女，显然她打错了电话。我跟她说："对不起，您……"可没等我说完，她就接过话茬："请您务必马上来爱华伦大街 15 号的文具专卖店一趟。因为您的儿子艾尔比现在在我们这里。"我正要把刚才的话接下去证明她打错了电话时，那边传来一个小男孩儿的啜泣声，跟我打电话的女人马上提高嗓门："偷了东西还哭，你的母亲会马上过来教训你。"我听出来了，那个叫艾尔比的孩子拿了文具店的东西，当店员要他告诉家里电话时，他只好胡乱说了一组号码。

我看了看我的儿子阿伦，他正为刚刚赢了爸爸一局而高兴得欢呼雀跃。我突然想去文具店看看，于是我说："请您别吓坏了艾尔比，我 15 分钟赶到。"我驱车前往 1 英里外的爱华伦大街 15 号，很容易就找到了那家文具专卖店。书店大厅里有很多人，有小孩，但更多的是大人。站在中间哀哀哭泣的一定就是艾尔比了，因为他的脚下有一个浅紫色的水彩笔盒子。我扒开人群，显然这个小家伙不认识我，但是当我把右手递给他的时候，他居然怯生生地伸出了他的手。我牵着他，温柔地说："孩子，你怎么那么不小心，把买水彩笔的钱搁在钢琴上了呢。现在妈妈把钱送来了，你去把钱还给他们。"

围观的人听到我这样说后开始散开，有个小姑娘甚至走上前来对艾尔比说："开心点，没有人认为你是小偷。"水彩笔标价是 5 美元 30 分，我把一张 10 美元的纸币交给艾尔比，鼓励他自己去交钱。艾尔比有些迟疑，见我用慈祥温柔的目光看着他，于是接过钱，低着头去收银台了。两分钟后，他将店员找给他的 4 元 70 分还给我，而我将那盒漂亮的水彩笔交给了他。

我牵着艾尔比的手走出文具店的时候，先前恶狠狠地打电话给我的老人跟我说："我们错怪了您的儿子，而您真是一位豁达的母亲。"我朝她笑了，艾尔比见我这样，也很自豪地抬起眼睛。

走出文具店后，我提议开车送艾尔比回家。他说他的家离这里只有300 米，我说那么再见吧，小伙子，希望你能描绘出最美丽的图画！他羞涩地笑了，紧紧地把水彩笔抱在怀里，他跑着跳着离开，到马路对面后还回过头来跟我挥手。

我看出了一个 6 岁小孩由衷的开心和幸福。艾尔比还只是个小小的孩子，他那么醉心于一盒普通的水彩笔，我宁愿相信他这么做的原因，仅仅只是因为想要有笔描绘他眼中美丽的风景。

而作为一个孩子的母亲，我并不认为自己那么做有多么伟大。时光流逝，这件事情也渐渐从我脑海里淡去。但是 12 年后的一天，我突然接到一个陌生电话，当我说了"你好！"后，话筒里传来一个小伙子的声音："请问您是艾尔比的母亲吗？""艾尔比？"我突然失声叫出来，对方在电话里爽朗地笑了："我 15 分钟后会冒昧打扰您。"

15 分钟后，一个高大英俊的小伙子站在我面前，他没等我说话就张开双臂拥抱我："12 年前，我就想叫您一声妈妈了！我是艾尔比。"我突然泪流满面，虽然我一直没有忘记 12 年前文具店里的那个孩子，但是我从来没想到我还会见到他。而且，如今的艾尔比，已经是纽约一所大学的美术系学生，他告诉我："虽然我 3 岁就失去了母亲，但是从 6 岁开始就拥有了另一个亲爱的妈妈，这个妈妈用一盒水彩笔指引了我的整个人生……"

冷漠的父亲

◆文/文　冬

一席话惊醒梦中人，原来，父亲一直在关注着我！

父亲是个硬汉，他 15 岁时爷爷就去世了，剩下他和奶奶孤儿寡母。虽然他顶了爷爷的职去厂里当了工人，但家里家外大事小情都落在他单薄的肩上。他变得沉默寡言，一张脸总是冷冰冰的，但他很能干，从最基层的车间做起，一步步往上升当了厂长，后来又调到经贸局当了副局长。他给人的印象总是很冷峻，几乎不近人情。

我不知道他在官场、在单位对人如何，但他对我，冷得就像我不是他的亲生儿子，尤其是他当了厂长后，架子端得可大了，好像我也是他的下属。他从小缺少父爱，那是因为爷爷死了，可是他还活得好好的，却没让我感受到父爱的温暖。

上初中那年，我和同学攀比，想买一块手表，让母亲跟他要钱，他却一言不发。我非常生气。那些天我总转商场，发现一款最便宜的手表，只要 35 元钱。我想，不要他的钱，我照样可以买到。周末，我就去工厂墙外的垃圾堆捡废铁。放学路上，我总是低头用脚踢来踢去，哪怕从土里踢出一个铁螺丝，或者一块破塑料布，也要拾起来，攒多了就去收购站卖。一块两块、几角几分地攒，足有一个学期，才攒足了一块表钱。

戴上了新表，我故意炫耀，示威似的把袖子撸得老高，母亲惊讶地问："你哪来的表？"我没回答，却偷看父亲的表情。我早就想好了，如果他敢审问我，怀疑我的钱来路不明的话，我就马上像火山爆发一样，倾诉我的辛苦，指责他没有给我父爱。但是他只是看了一眼我的手腕，就没再吭声，我顿时就像一只泄了气的皮球。

难道当了官的人都这种德行？我可是他唯一的孩子。好多同学的父母不当官，还溺爱他们呢，我怎么了？不爱我也得关心我吧，他就不怕把我逼成小偷？

但这事和后来发生的比起来，简直就是小巫见大巫，使我更领略了他的冷漠。

高考前一年的冬天，我在自己的屋里彻夜苦读，炉火生得很旺，结果，有天夜里我煤气中毒了。当我醒来时，已是第二天清晨，躺在医院的病床上。母亲吓坏了，见我醒来，哭着说，夜里如果不是父亲，我肯定就完了。父亲有失眠的毛病，他辗转反侧睡不着，总觉得我的屋子里动静异常，就让母亲去看，发现我在床上蜷曲着，嘴里发出近乎窒息的憋闷的呼吸，才知道我煤气中毒。我后怕地抬头看父亲，发现他在病房门口背对着我，看不到他的表情如何。听说我醒了，他让母亲照顾好我，就去上班了。

我心里的感激瞬间转化成怨恨。哼，还不如让我死了呢，哪有这样冷血的父亲！

第二年，我考上了大学。别的同学都是被父母送去省城的，而我，一个从未出过远门的学生，却是孤零零一个人坐上火车。望着站台上那些双送别的眼睛，我的眼睛湿了，因为自己的孤单。从那时起，我就发誓，一定要好好学习，将来找一份好工作，再不要回那个没有亲情的家，即使放假,也不要回去。整个大学,我都在勤工俭学,尝尽了人间酸苦,因为父亲每次给我带的钱,只够交学费和维持简单的生活费用,即使买课外书的钱都要靠我自己去挣。

第一个暑假,我真的没回家。十几天后,父亲来省城开会,顺便到学校看我,然后我们出去吃饭,要了两个菜,他还要了一瓶白酒。我问:"你喝酒了?"他一愣,说:"哦,有几年了。"然后我们一个闷头吃菜,一个闷头喝酒。最令我意想不到的是,他居然吃完就拍屁股走人了,那顿饭由我来付账。

毕业了,同学们都在找门路分配,像我上的这种普通高校,学生哪来的回哪去,我只能回到那个小县城。但大家都说,我没问题的,父亲是局长,肯定会给我找个好单位。我也是这么想的,我不想去企业,只想进机关坐办公室。

我想,即使我不跟他说,这样的大事,他也会主动给张罗吧?可是,最后的结果,他根本就没过问,我被劳动局分进了半死不活的物资公司,还不到一年,下岗的命运就降临到我头上来了。

我对父亲的怨恨更加深了一层,我觉得他肯定有心理疾病,因为自己从小就受苦,从小就失去了父爱,所以也想让我尝尝那种滋味吧?肯定是的。好在我从小就没依赖过他,这种时候,更不能去求他,我不能让他看我的笑话。

不久,我租了一间临街的门面卖电器,一年后挣了些钱,又重新租了更大的门面,扩大到卖摩托车,生意虽然辛苦,但越做越好。这期间,我只记得他来过两次,每次都像领导视察一般背着手转了几圈就走了。他没夸我,只是说了一句:"这不比在机关当个小干部整天喝茶水强吗?"这是我有生以来,唯一听到的他肯定我的话,我心里竟一热,这大概就是那种叫做父爱的感觉吧?可是,这么多年了,我的这种感觉真是太少了。

我的生意越做越大,还雇了好几个雇工,俨然成了一个小老板。可是我知道好景不会太长的,城里类似的店铺如雨后春笋,竞争很厉害。

不久,销售出现了滑坡的迹象。就在这时候,父亲来了,他不是来帮我,是来给我添乱的。他当厂长时,和一个老工人有点交情,现在,他退休了,父亲念旧情,想让他在我这混口饭吃。父亲冷着脸说:"你张伯人很实在,你必须给我这个面子。"求人还这种态度?我本想拒绝,但马上心里萌生了一丝快感,他是在求我呀!

张伯的确不错,能吃苦,关键是他有经济头脑,在厂里搞了几十年的供销,有做生意的经验,管理上也很有一套。我让他跑生产厂家,负责进货。逐渐地我的供货渠道越来越畅通,经营范围也进一步扩大,销售额又出现了明显的上升趋势。

在张伯的提议下,我还投资80万元在新开发的商业区买了一栋商业楼。张伯说,在我们这个小城,做生意的将近一半利润都付了租金,像我这样的大众生意,必须靠做大做强才能增强市场竞争力,有了自己的房产,可以减少租金成本,让利给顾客,提升竞争力。再说,房产将来还能升值,本身就是一种投资。但是我当时没那么多钱,张伯建议,号召那些雇工投资入股,共同抵御风险,而且他第一个就拿出了10万元。张伯成了我的诸葛亮,使我的事业如日中天。

春天,张伯要和老伴去北京定居,给儿子看孙子。我真有些依依不舍,当我提到要把他的股金和分红一起算清时,张伯笑了:"那10万元的股金,是你父亲的,至于分红,我就更不能要了。"我很惊讶,以为自己听错了,听了他的叙述,才如梦初醒。原来,是父亲以张伯的名义给了我钱,那些经营管理上的建议,竟然也是父亲通过张伯传授给我的。

张伯说:"我除了能吃苦,脑子里哪有那么多点子?你父亲才有真本事,当了那么多年厂长,肚子里有货呀。但他不让我告诉你,怕影响你的自立。嗯,真是有其父必有其子,你和你父亲一样有魄力,都是硬汉。"

一席话惊醒梦中人,原来,父亲一直在关注着我!从张伯嘴里,我还知道了一个秘密，父亲是从我中煤气那天开始喝酒的。那天，他和张伯一帮人喝酒，父亲当众哭了："我差点没有儿子了呀。"张伯说，那种撕心裂肺的哭声至今还在他耳边回响。

我对父亲几十年的怨恨顷刻化为灰烬。我买了好酒去看父亲，他还没下班，我央求母亲，"软硬兼施"逼她解开了多年来的道道疑团。母亲说，父亲不给我买表，是不想让我从小养成虚荣、攀比的毛病，但一次他意外发现我在捡废品，就认定我有一股不达目的不罢休，而且能为此吃苦的执着性格。甚至，连暑假去省城看我，也是别有答案。母亲说："他哪里是去开会，他看了你的信，听说你在暑假打工，他想你，又不放心你，才谎称开会去看你的。"桩桩件件，父亲那些不近人情的举动，却都包含着无尽的父爱。

母亲说，父亲从小遭丧父之痛，饱尝人生的艰辛，但也体会到了一个男人必须承担责任、自强不息的甜头，他决定对我狠一点，特别是当了厂长后，他最担心的，是我会因此产生优越感和养尊处优的公子哥习性，更是狠下心来冷漠对我。但是，正是他的冷漠，成就了我今天独立自强的性格，虽屡屡遭受挫折，却从没被挫折摧垮。

原来，父爱一直与我如影随形。父亲是把我当成了一棵树，栽到了人生四季里，栽到了风霜雨雪里，而没有把我娇惯成一株娇嫩的盆花，养在温室。

终于把父亲等回了家，但他依然是一脸冷漠，而我，第一次感觉到了这冷漠的亲切。给父亲倒上一杯酒，所有的感慨也都在这酒中了。父亲久久凝视着我，忽然伸手拔去了我头上早生的一根白发，他只说了一句话："这些年，你也不容易啊。"

我忍不住哽咽着喊了声："爸……"泪水瞬间溢出了双眼。

西宁有一抹透明的蓝

◆文/丑丑丫头

穿蓝色碎花的裙子，干净的蓝，一如西宁的天空，蓝得清澈，蓝得透明，蓝得一如关于这个城市天空的传说。

一

她看起来真小，也许不足16岁，矮矮的，150厘米的样子，却有两条长长的辫子，搭在身前。抬起头的时候，面颊有两抹高原女孩儿特有的高原红。穿蓝色碎花的裙子，干净的蓝，一如西宁的天空，蓝得清澈，蓝得透明，蓝得一如关于这个城市天空的传说。

从走出西宁火车站，她便一直紧紧跟在我们后面，小声央求，让我给你们做导游吧，很便宜的，一天只要50块钱。

不得已，我又回头冲她笑笑，小姑娘，我们真的不需要。

30块行不行？她抿了抿唇，像下了很大决心，说，就30，我带你们去最好的地方。

何其也回过身，冲她晃晃手中的地图，小姑娘，我们只去很少的地方，有它就行了。说完，牵着我的手加快了脚步。我跟着他走出几米，再回头，看到她没有再跟上来，小小的蓝色身影定格在延绵山脉包裹着的西宁站外并不拥挤的人流中，那么娇小，细细的手指绞着辫梢，眼神，有明显的失落。

不知道为什么，忽然有些怜惜，她真的太小了，忍不住扯一下何其的袖子。要不……我说，反正一天才30块钱。

不是钱的问题,何其说,是我们不需要,那样会让人觉得不自由。不是吗?

想了想,他说得有道理。

二

出租车穿过地图上的东大街——西宁最繁华的商业街,左侧,看到古老的"民族商店"的招牌一闪而过,然后便是这个城市的中央大十字,再走不远,是我们第一个目的地——水井巷,一条专门出售藏族饰物的小巷。

终免不了小女人的购物情结,连行李都不曾找个地方放下,就直奔而来了。入了巷子,一下便被两旁琳琅满目的小店黏住了。先挑了几个小小挂件,又选了两只手链,付账时,却听身后忽然有人说,姐姐,等一下。

回头,却看到她,她竟然跟了我们而来。真是个刁钻的纠缠人的小女孩儿,一时觉得不太高兴,便不答理她。她却不管不顾,只从我手中把那些好看的物品拿过去,便同店里的老板,一个三十几岁的藏族男人交谈起来。

用的是藏语,两人一来一往说得很快,好像争着什么。她的声音纤细,却清晰。片刻,男人无奈地摇摇头,又摆了摆手。她高兴起来,回过头把那些物品放回我掌心,说,好了姐姐,你可以买它们了,一共30块钱。

我吃惊地瞪大了眼睛,要知道,刚才我是打算花120块钱买下来的,且并不觉得贵。冲动中,我不由脱口而出,你给我们当导游吧,一天50元。

不,30。她又抿抿唇,怕我反悔,飞快地说,从现在,计时开始。

何其张了张口想阻止,却发现已经来不及,无奈地轻轻叹了口气。

三

她叫马丽娜，16岁，回族女孩儿，读完中学就开始出来做个体导游，是个已经有两年经验的"老导游"了，所有导游知识，全是自学。

马丽娜很爱笑，和所有的导游一样，有非常好的语言表达天赋。她带着我们在那条巷里买了所有我想要的东西，只是在最后买藏刀时，发生了一点小的意见分歧。她并非不让我买，而是在买之前很认真地说，姐姐，买完了到邮局寄走行吗？邮局不远，坐火车是不能带刀子的。

我笑，这样的刀子是艺术品，没关系的，我可以装在兜里过安检。

不行的，她大声说，因为规定不允许。口气，少有的严肃。

后来她告诉我，她曾经有个很好的少年朋友在火车上贩卖藏刀，每次，也是把刀子带在身上通过安检，带好多把。后来，终于出了事，在和别人的一次争斗中，少年拿出了刀子……是两年前的事了，现在少年还在管教所里，说的时候，马丽娜的眼睛还是红了。

一时，我无语，却对这个回族少女更加怜惜起来。

四

那天，马丽娜带我们去吃纯正的高原羊肉，喝街边自制的味道纯正的酸奶，它们用碗盛着，非常可口。而她给我们找的住处，便宜得超乎想象，却干净舒适。

晚饭，我们坚持邀请她一起吃，她拒绝了，说家住在西宁郊区，很远的郊区，她要回去一趟，早上早早赶过来。我们便没有再留她。

也许因为旅途的疲劳，又没有休息好，当晚，何其出现了轻微高原反应，头疼，心跳快了许多。吃了两片药感觉好多了，为此原本计划第二天青海湖的行程，推迟到了第三天。

第二天一大早，马丽娜气喘吁吁地赶了过来，我们才知道她的家并不是她说的在郊区，而是在距离市区50公里外的湟中县的一个回藏村里。她回去,是因为弟弟过 6 岁生日,她有一个妹妹和两个弟弟,她是姐姐,也是半个妈妈。因为这样,她才早早辍学出来挣钱。

第三天,我们三个人搭了一辆旅行车朝着我和何其梦寐以求的青海湖进发。

离开西宁,车子朝着越来越高的地势攀爬,途中经过的一个风景点日月山口,海拔高达三千多米。在快到达时,从小生活在平原地带的何其,再次出现高原反应,面色渐渐苍白,呼吸也急促起来,脸上布满了汗水。我慌了手脚,不知如何是好。马丽娜大声地喊着司机停车,然后央求司机把车开回西宁去。

马丽娜的请求并没有得到答复,车上有近四十个游客,只有几个人同意返回,而司机却始终拒绝,不肯为了一个何其牺牲一车乘客的利益。

马丽娜忽然推开车门冲下车去,站在路的中央张望起来。

隔了好半天才有一辆黑色的轿车驶过来,隔着车窗,我看到马丽娜不躲不避地依旧在路的中央,拼命朝着那辆车挥手,拼命地挥。

轿车在离她几步远的地方停下来,她跑过去拉开车门,一边比划着一边急急地跟车里人说着什么。漫长的几分钟后,她终于飞快地跑回来,说,快,姐姐,他们愿意带着哥哥回去。我的眼泪哗地流了下来。

五

医生说,幸亏送得及时,否则很危险。

我后怕得不行,在医院一直握着何其的手不肯松开。两天后,何其的状况稳定下来,可以出院了。那两天,马丽娜一直沉默地陪着我们,黄昏时离开,早上又早早过来。而西宁之行的完整计划,也只得取消于中途。更让我为难的是,付过了医药费,所剩的钱只够我和何其买两张硬座车票回去,我不再有多余的钱来支付马丽娜的导游费了。

医院外,我为难地看着丽娜,终于鼓起勇气对她说了实话。然后我飞快地说,如果你相信我,把地址留给我,我回到北京就给你寄钱,如果……那我就让家人现在把钱寄过来。

她半天不语,明显有一些失望,手指绕着辫梢,片刻,却又忽然抬起头来笑,说,行。然后在随身的小花布包包里拿出一张便笺,一支笔,边写边说,那你把钱寄到家里吧,刚好小弟快要上学了,可以给他交书费。再说,我还没有身份证呢。说着,她把写完的纸片递给我。

马丽娜竟写得一手漂亮的字,字体浑圆、工整、小巧,很像她的人。上面写:青海省湟中县上五庄镇纳卜藏村三组马文明。

我仔细地把纸片放进包里,丽娜,谢谢你。说完,心忽然一酸。

她摆摆手,又想起什么,低头在包里掏出 50 块钱递给我,给,路上买点吃的。我慌忙推拒。

可是他需要,她指指何其。说完,转身离开了。

六

回到北京的第二天,我将欠马丽娜的钱寄还给她,另外多寄了 300 元,并给她和她的弟弟妹妹各寄了一身新衣服。

20 天后,我收到马丽娜退回的 300 块钱,以及两把漂亮的藏刀和一件鲜艳的藏裙,还有她的信。马丽娜说,衣服,我收下了,阿爸阿妈要我谢谢姐姐。多余的钱寄回,不是我该得的,不能要。署名,西宁的马丽娜。

一个月后,我和何其离开北京再次一路朝西而去,作为志愿者,我们将在马丽娜的家乡教两年的书。

走出出站口,早已接到信的丽娜竟然带着她的弟弟妹妹,还有好几个孩子,穿着节日的盛装一起来了。看到我们,孩子们围了上来。

马丽娜缠住我连声问,姐姐,姐姐,你们真的会来?为什么你们还愿意再来呢?显然,她不能相信。

我拥住她,不回答,抬起头来看着这个城市的天空。我想,如果我告诉她,我回来,是因为西宁有一抹透明的蓝让我想念,那她会相信吗?

你必须有一样是出色的

◆文/潘　炫

在生命攸关的那一秒钟,他却"卧倒"了——这是他在跟父亲玩打仗游戏时唯一听懂并做得最出色的动作。

在德国一个小火车站,一个扳道工正走向自己的岗位,去为一辆徐徐而来的列车扳动道岔。这时在铁轨的另一头,还有一辆火车从相反的方向驶近车站。假如他不及时扳道岔,两列火车必定相撞,造成无可估量的灾难。

这时,他无意间回过头,发现自己的儿子正在铁轨那一端玩耍,而那辆开始进站的火车就驶在这条铁轨上。

抢救儿子,或挽救一场灾难?他可以选择的时间太少了。那一刻,他威严地朝儿子喊了一声:"卧倒!"同时,冲过去扳动了道岔。

一眨眼的工夫,这列火车进入了预定的铁轨。

那一边,火车也呼啸而过。车上的旅客丝毫不知道,他们的生命曾经千钧一发,他们也丝毫不知道,一个小生命卧倒在铁轨上——火车轰鸣着驶过的铁轨上,丝毫未伤。人们猜测,那个扳道工一定是一个非常优秀的人。后来,人们才渐渐知道,扳道工并没有什么出色的。许多记者在进一步的采访中了解到,他唯一的优点就是忠于职守,从没有迟到、早退、旷工或误工过一秒钟。这个消息几乎震住了每一个人,而更让人意想不到的是,他的儿子是一个弱智儿童。他告诉记者,他曾一遍一遍地告诫儿子说:"你长大以后能干的工作太少了,你必须有一样是出色的。"儿子听不懂父亲的话,依然傻乎乎的,但在生命攸关的那一秒钟,他却"卧倒"了——这是他在跟父亲玩打仗游戏时唯一听懂并做得最出色的动作。

橘子酸,橘子甜

◆文/马国福

橘子甜,橘子酸。甜里头裹着酸,酸里头流着甜……

冬天的时候,母亲生病了,城里的一个亲戚拎着一兜橘子来看望她。物质匮乏的年代,对于乡下孩子而言,能吃到一颗水果糖就已经幸福得流蜜了,如果能吃到甜甜的橘子,那更无异于过一场盛大隆重的节日。

将近二十年过去了,我仍然记得那一幕。

亲戚走后,睡在床上的母亲让哥哥拿来那一兜橘子。我知道,她要给我们姊妹分橘子。人小心大,排行最小的我,贪婪地盯着橘子。昏暗的灯光下橘子光芒四射,引诱得我口水一阵阵在胃里翻江倒海。我是多么希望母亲把那最大的橘子给我啊。我用舌头舔着因为冬季的干燥而起皮的嘴唇,一会儿望着橘子,一会儿望着母亲,祈求的眼神如丝一样,越扯越长。

母亲慈爱地摸摸我的后脑勺,给了我一个很小的橘子。我小心翼翼地接过橘子,委屈的眼泪掉了下来,我是多么希望得到一个很大的橘子啊。我没有立即吃掉那个橘子,我想把它带到学校。晚上睡觉时我把橘子紧紧地攥在手心,舔着冰凉的橘子皮,不知不觉睡着了。

那时候上学很早,天还没有亮就要早早起床到学校。没有人给我们煮早饭,我们的早饭就是两个放在蒸笼里的馒头。厨房里的灯坏了,在黑暗中我将手伸进蒸笼,我摸到的不是柔软的馒头,而是一个冰凉的大橘子！这让我无比欣喜，我想是母亲特意给我们留的带到学校吃的，我将手又伸到里边，摸到的是一个小橘子，再摸，是一个馒头。拿大橘子还是小橘子，我犹豫不决。在姊妹当中我的地位并不高，学习并不好，大橘子肯定是留给经常帮着干家务活，学习成绩特别好的姐姐吃的。内心的贪婪使我将大橘子装进书包。

在课堂上我无心听老师讲课，满脑子全是诱人的橘子的味道，我盼望着早点下课，心里默默数数，一秒、两秒……数到六十秒，又从一秒重新数到六十秒，周而复始，以此计算下课的时间。愣愣怔怔中那只橘子如同长上翅膀的燕子，飞向我空洞的胃部。

终于等到下课了，我迫不及待地拿出那个橘子，躲到无人的角落，像科学家用显微镜审视肉眼看不见的化学物质一样观察橘子。我想吃，但又舍不得吃，不敢吃。我怕回到家中挨母亲的斥责。味蕾上涌起一股股酸水，舌头如同一只钩子，恨不得一下子把那只橘子钩进嘴里。最终，我把那只橘子放进书包，带回家，又悄悄放到蒸笼里。

晚上，母亲把我们五个姊妹叫到跟前，她表扬姐姐，说她懂事，爱怜弟弟，把大橘子留给弟妹，而自己却舍不得吃。母亲的话还没说完，姐姐和哥哥把各自的橘子全部捧了出来，说："妈，你身体不好，还是留给你吃吧。"就那样他们把带有手心温度的橘子交给了母亲。

母亲把大橘子切成几瓣，把最大的一瓣给了我，把其他的给了哥哥姐姐。我们分享着冬夜里的温暖和甜蜜，仿佛自己是世界上最幸福的人。大橘子酸酸的，根本没有我所预想的那么甜。母亲看穿了我们的心思，又接连切了几个小橘子，我只顾自己，接连吃了几瓣，果汁从嘴里流了出来，那个甜呐，仿佛渗到骨头里了。姐姐吃得很慢，她说：妈，你也吃吧，小橘子可甜了！等到盘子里的橘子只剩一瓣时，我才发现，母亲没有吃一点。昏暗的灯光下，我们姊妹为橘子到底是甜是酸而争得面红耳赤。妈妈说：别争了，好好念书，长大了你们天天有橘子吃，想吃多少吃多少。

我暗暗发誓,努力学习,长大了考上大学,有了钱让全家人天天吃上又大又甜的橘子。第二年姐姐考上了一所师范,三年后她有了工作,领到第一个月的工资后,她买了好多橘子。就在我们一家人围在一起吃橘子时,姐姐说:"如果拿橘子来比喻人生,一种橘子大而酸,一种橘子小而甜。有的人拿到大的就抱怨酸,拿到甜的就抱怨小。还记得几年前我们吃橘子的情景吗?当时我拿到小橘子,我就庆幸它是甜的,拿到酸橘子就感谢它是大的。"

顿然间我明白了姐姐的用心。此后,我不再抱怨,也不再贪玩,我知道自己该干什么了。

现在,有了钱,可以随时吃到新鲜的橘子,但是我总吃不出多年前的味道。我不再迷恋橘子,但多年前的橘子一直闪烁在我的心灵深处。我过着幸福安静的生活,用不懈的追求采撷着生命枝头上的"橘子",不与他人争执,也不太在意得失。我只是默默地感激,格外地珍惜,正如姐姐说的:"如果拿橘子来比喻人生,一种橘子大而酸,一种橘子小而甜。有的人拿到大的就抱怨酸,拿到甜的就抱怨小。拿到小橘子,我就庆幸它是甜的,拿到酸橘子就感谢它是大的。"

橘子甜,橘子酸。甜里头裹着酸,酸里头流着甜……

丈夫的选择

◆文/老　乡

都掉进水里了,你不也掉进水里吗?我要救你!

五位丈夫被问到同样一个问题:假设,你的母亲、妻子、儿子同乘一条船,这时船翻了,大家都掉进水里,而你只能救起一个人来,你选择救谁?

这问题很老套,却的的确确不好回答,于是——

理智的丈夫说:"我选择救妻子,因为母亲已经经历过人生,至于儿子——有妻子在,我们还会有新的孩子,还会是个完整的家。"

聪明的丈夫说:"我选择救儿子,因为他的年龄最小,今后的人生道路最长。"

现实的丈夫说:"我会救离我最近的那个,因为离我最近的那个最可能被救起来。"

滑头的丈夫说:"我的回答是,我救儿子的母亲——至于是指我自己的母亲还是儿子的母亲,你们去猜好了。"

最后,老实的丈夫确实不知道应该怎样选择,于是他只有回家把这个问题转述给儿子、妻子和母亲,问应该怎么办。

儿子对这个问题根本不屑一顾:"我们这里根本没有河,怎么会全家落水呢? 不可能!"——他的年龄使他只会乐观地看待目前和将来的一切。

妻子则对丈夫的态度大为不满:"亏你问得出口! 你当然得把我们母子都救起来,我才不管什么只能救一个人的鬼话!"——女人总认为丈夫必须有能力担负起他的责任。

最后,老实的丈夫又问自己的母亲。

母亲没等他把话说完,已经大吃了一惊,紧紧抓住儿子的手,带着惊慌说:"都掉进水里了,你不也掉进水里吗? 我要救你!"

老实的丈夫泣不成声。

如果感到幸福你就跺跺脚

◆文/冯俊杰

对大多数人来说，他们认定自己有多幸福，就有多幸福。

那一年，青年德皮勒完成了全部学业从州立大学毕业了，他做了一个教文学的老师。

所以，从那时开始，我们应该叫他德皮勒老师。

其实德皮勒非常想去做一个优秀的长跑运动员。四年前的他曾是那么单纯而痴迷的一个运动青年。但是，他的梦想却在生活中成了幻想。

揣摩着自己从最新的教育学书籍上学来的方法，德皮勒在自己的学生们身上试验着。书是麦尔教授推荐的，应该不会错。麦尔教授是他大学选修心理学的主课教授，是一个有着短短白胡子的小老头。

还是有点紧张，嗯，先平静一下，看了几眼墙上画的彩色人像和明丽风光。好了，开始了。

"如果感觉到幸福你就拍拍手。"德皮勒大声对所有人说，这种方法要激发他们的想象力和敏感性，让他们学会表达。

孩子们纷纷举手，跟着德皮勒拍。他们的面孔，从僵硬乏味立刻变为鲜活生动。德皮勒更加激情高涨，他的视线，如手提摄像机镜头一样摇晃着，从一个学生跳跃到另一个学生，最后，定格在一个男孩儿脸上——他是那样的面无表情！

德皮勒又重复了一次，男孩儿依旧没有表情。

"你叫什么名字？"德皮勒开始冒火。

男孩儿抿紧了嘴唇，一声不吭，表情甚至有些愤怒。德皮勒又问了一句，他还是不说话。不过德皮勒却觉得有些奇怪，按照一般的情况，他的举动应该可以勾起大家的好奇。但是，所有的孩子都没有去关注这样一个事件。只有一个学生轻轻地说："老师，他叫詹姆斯。"德皮勒深深倒吸了一口气，终于克制下来继续上以下的课程。除去过去了的 25 分钟，下面的 20 分钟，仿佛几个小时一样漫长。德皮勒的情绪彻底败坏了，慢腾腾地布置了俄文题目：幸福。然后说，请课代表下午收了之后送到我办公室。

下课之后那个詹姆斯被德皮勒老师叫到了办公室。他亲切地嘱咐："为什么不和大家合拍呢？下次不可以，知道吗？"

男孩儿在口袋里抄着手，低头，沉默地点头。一直到他晃回教室去了，他的右手始终放在口袋里没拿出来。

德皮勒老师心想，嘿，我遇到了一个脾气倔强的孩子。

詹姆斯又惹事了，他和另外一个男孩儿打架了。德皮勒老师好奇地赶过去的时候，争执似乎已经结束。

詹姆斯全身都是乱糟糟的，唯一不变的是，仍把手抄在口袋里，站着不动，满脸通红。

"你又怎么了，詹姆斯？"

詹姆斯毫不理睬，转身跑掉了。德皮勒老师只好无可奈何地离开现场。

"詹姆斯的右手以前触过电，被切断啦！"有一个女生这么说，德皮勒老师的心猛然一缩。

晚上，德皮勒老师坐在房间里一本一本地看交上来的作文，把封皮上写着詹姆斯的本子，单独抽出来。

第二天，德皮勒老师仿佛什么都没发生过，平静地走上讲台，然后把前一天的作文本子发下去。直到最后的五分钟，他说："我们重复一下昨天的游戏好不好？"

"好!"

"但是我们要稍微修改一下,如果感到幸福,你就跺跺脚。来,老师先带头!"

真的,德皮勒老师带头跺起来,非常地用力,左右两只脚一起动着,虽然看上去非常滑稽,因为他跺起脚来,像是罗圈腿。

他们都是聪明而细心的孩子。在一分钟后,教室里响起剧烈如暴风雨的跺脚声。其中,德皮勒老师听到最特别的一个声音,那是詹姆斯发出的。因为,詹姆斯那天跺脚的声音是最大的,并且眼睛里含着泪。

德皮勒老师在他的作文上打了有史以来第一个99分,后面还附加上了一段话:"为什么没有给你满分,是因为你为了身体的不幸福,而拒绝了让自己的心感到幸福。如果你注意到,你的德皮勒老师其实是一个截去左脚的人,那背后,也有老师的不幸故事。但是,他没有拒绝让心去感受不幸之外的幸福。所以,他虽然选择了平凡的文学老师,却仍然认真地、快乐地生活。"

是的,德皮勒老师是幸福的,他曾经治愈了自己心里的伤痕,现在,又治愈了一个小小的心灵。

有一种爱叫宽恕

◆文/雪小禅

我终于明白,这世间,有一种爱就是宽恕。

第一次见到秦姨我便没有好感。

她的长相她的气质都充满了小市民味道。这和去世母亲的气质相去甚远,母亲去世前是美院的教授,喜欢披苏格兰的大披肩,后来,她的许多女学生全喜欢围披肩,而她的男学生,无一例外全喜欢她暗恋她。可惜红颜薄命,母亲在我十五岁那年突然离世,父亲一年之后娶了秦姨,这让我非常意外。

金戒指金项链,再配上粗俗的笑容,这让我很怀疑父亲的审美取向。我坚决地反对过闹过,把七大姑八大姨全叫来了,他们,还是结婚了。

并且,还有一个拖油瓶子,一个十二岁的男孩儿,站在那里,很乖地叫我,姐姐。

"谁是你姐姐?"我哼一句,把门关上就进了自己的屋。

我还对他约法三章,不许进我的屋,不许动我的东西,不许叫我姐姐。对他的憎恨,缘于对秦姨的憎恨,这个女人,具有所有后娘的禀性,比如,会把烂的苹果给我吃,不会给我买新衣服,我的零花钱一降再降,说我身上有异味,当然,这些都是背着我父亲的。

父亲出差去深圳,她带着小宽去外面下馆子,让我自己在家吃饭,她回来后,我把饭全扣在地上。她挥手打我,骂我败家子,我冷笑一声,吐了一口唾沫在她脸上,说后娘的心比蝎子还毒辣。这下罪大恶极了,她把父亲招回来,然后怒斥我的不孝,最后,以父亲的拳头而落幕。这是父亲第一次打我,他把我的眼镜打碎了,玻璃扎进了眼睛,于是,我的左眼再也看不到东西,几个月后,我的左眼彻底失明。

从此,我不再说话,而父亲知道,他犯了一个天大的错误。

秦姨也老实了很多,我成了一头愤怒的狮子,十六岁,因为秦姨,我的花季提早凋零了。而秦姨这个后妈的恶名也四处传扬,最后的结果是,她出门就被人指点,虽然她试图挽回,可一切已经晚了。

我再也没有理过她,甚至不看她一眼。

倒是小弟小宽,每天仍然喊我姐姐,虽然不理他,他仍旧喊。

有好吃的东西,他必定给我留着,看我喜欢的书,他会偷偷攒钱给我买下来。那么小的孩子,就知道心疼别人了,如果他不是秦姨的儿子,我想,我会爱他的。

正因为他是秦姨的儿子,所以,我不可能领他的情。

有一次,他动了我的玩具熊,是妈妈在世的时候给我买的。回去的时候,他正在客厅里抱着,我一把就抢了过来,"少摸我的东西,"我大声嚷着,"你的手有多脏,喜欢,让你妈给你买去。"他的眼泪含在眼珠里,那样委屈地看着我,"对不起,姐姐。"他小声说,"我只是看看,我马上放回你的屋子去。"

看着他瘦弱的背影,我觉得自己确实有点过分了。

即使过分,我仍然不能放过他,谁让他是秦姨的儿子。

十八岁,我离家去读大学,走的时候我和父亲说,"请你定期把生活费和书费寄给我,从此,我不再回这个家了。"

父亲伤心欲绝,因为娶了秦姨,他永远失去了自己女儿的爱,有时他也后悔这段婚姻,秦姨确实不适合他,可他无能为力了,一个小市民一样的女人,怎么适合一个建筑学的教授。

从此后,我再也没有回家,而是一个人漂在了北京。

让我想不到的是,我常常会接到小宽的电话和信。父亲自从我离家后很少与我联系,大概他也伤透了心吧,我们父女之间的隔阂太深了,不是一句两句能说清楚的,我执意不回家,是因为,家里没有让我留恋的人,如果有,那只能是小宽了。

小宽每年要给我打好多电话写好多信,我懒得理他。在电话中,他亲亲热热地叫我姐,声音很甜很乖的样子,有时我也心动。可是,他为什么偏偏是那个女人的儿子?他亲爹是出车祸死的,死的时候他只有三岁,比我还要惨。而他为了让自己母亲在陈家落住脚,总是很乖地喊我父亲爸爸,虽然父亲并不真正喜欢他,可是父亲说过,"看到这孩子,不忍心如何了。"

如果不是他们的到来,我怎么会眼睛瞎了一只?这个恨,几句甜言蜜语怎么能抚平,我不原谅,永远不原谅。

三年后,小宽也来北京读大学了,他常常会来宿舍找我,那时我正四处找工作,焦头烂额。而他总是提来一些水果,他还是瘦小单薄,他说,"姐,别急了,你会找到一份好工作的。"

如他所愿,最后,我进了一家中直机关,但我一直不快乐。因为眼睛的毛病,没有男孩儿追求我,小宽常常过来陪我,陪我逛街陪我聊天,如果他是我亲弟弟,我早给他买衣服了,可因为他的母亲伤害过我,我没有给他花过一分钱,倒是他,总是买些零食给我。

他介绍了一个男孩儿给我。

这个男孩儿在一家外资公司上班,男孩儿说,"你弟弟把你夸得天花乱坠,所以,我才决定和你见面。"

他也介意我的眼睛,小宽几次三番地劝他,甚至为此差点和他动了手。我才知道,小宽是真为我着急了,我拦住他说,"小弟,别麻烦你了,姐姐一个人过一辈子。"那是我第一次称他是我弟弟。他抱住我说,"姐,我妈对不起你,你原谅她吧。"

这个善良的孩子,一直让我用爱宽恕,可是我摇着头说,"不,我不原谅,永远不原谅。"

不久,父亲因病去世,那个家,彻底与我没有联系了,小宽把五万块钱交给我,说是父亲留下的,那所房子就留给秦姨住了。他说,秦姨已经改变了好多,好多次说对不起我,我还是不能释怀。

我终于有了男友,他不嫌我的眼睛,他说,只要人好就行。

这个世界的温暖总让人感动,最高兴的人就是小宽,他跑过来与男友喝酒,说他是条汉子。

我结婚了,小宽送了礼物,一颗水晶心,价值昂贵,小宽说,"姐,这是我送你的一颗心,我的真心。"

那天我流泪了,秦姨也送了礼物,一条红腰带,在家乡,闺女结婚娘都要送红腰带,可是,我没有系在腰上,我不要她的东西,我不原谅她。

小宽大学毕业前期,去当了志愿者。他去了西部,在一个山区里教书,我常常会接到他的信,那里根本没有手机信号,他说,"姐,来到这里,我才知道我们是多么幸福。"

　　他的信写得那么好,这个善良的孩子永远那么宽容,以温暖的态度看待这个世界,我开始给他回信,多年来,我心中的坚冰开始融化,我开始关心这个弟弟,我说,"要记得多吃些菜,你身体不好,要记得多穿,你容易感冒。要多给姐姐写信,姐姐想念你。"

　　而小宽的每一封信中都会提到一件事,他要我原谅他的母亲。秦姨已经老了,真的老了,我在那年回家为父亲奔丧时就发现,她头发全白了,眼神里也没有那种凌厉,甚至,她对我的眼神有了乞求。我没有答应小宽。

　　我的心中,还有恨。

　　不幸发生在那个八月里,山区里下了十天大雨,小宽去接学生,结果山洪暴发,我的弟弟,再也没有回来,他被永远埋葬在大山里了。

　　我去收拾他的遗物,那日记里,密密麻麻写的全是我:我多希望姐姐能有一颗善良而宽恕的心,我多希望她和母亲能和好。

　　这仍然是他唯一的希望,这个男孩子,才二十四岁,可是,却永远地离开了。

　　我想,我不能再让弟弟失望了。

　　从山区回来后,我回了老家。

　　我去接秦姨来北京,我要让孤单的秦姨和我一起住。我要告诉她,秦姨,让一切成为过去吧,让爱回到我们心间吧。

　　因为小宽给我们上了最后的一课,他让我们知道,什么才是爱,只有心底放下那些恨那些抱怨,只有心里装满别人,才会有爱,才会有那超越亲情和血缘的爱啊。

　　当我出现在秦姨面前时,我看到秦姨瘦老枯黄,像秋天的一棵落叶的树一般苍老,我拉起她的手,她的眼泪掉了下来,我叫了一声秦姨,她扑到我怀里,孩子一样哭了起来,我拍拍她的肩说,"秦姨,不哭,有我呢,我替您养老送终。"

秦姨放声地哭着,我也哭了,小宽,如果你在天上,一定会笑了吧。我终于明白,这世间,有一种爱就是宽恕。

亲爱的弗兰基

◆文/辛　歆

还是在海边,莉兹和弗兰基并肩坐在一起,没有语言,只有心与心的交流。或许,他们在共同等待着一个人的再次出现……

弗兰基和爸爸

又搬家了。在9岁半的弗兰基的记忆中,自己仿佛就是在不断地搬家过程中长大的。弗兰基默默地将自己的宝贝一件件放入一个纸箱,并在上面写上自己的名字,然后,将纸箱装上卡车,随妈妈和外婆来到又一个新家。这次,他们把家搬到了一个海边小城,在弗兰基看来,那儿是整个世界的边缘。新家还没安顿好,妈妈嘱咐弗兰基去楼下的小店买薯条,弗兰基点点头,接过钱便出了门。他是个聋儿。虽然他听不见,但却能读懂唇语,能理解大人所说的每一句话。他把周围发生的一切都默默记在心里,并把这一切都写信告诉终年在海上的爸爸。爸爸的回信常使弗兰基雀跃。在信中,不仅有爸爸对大海绘声绘色的描写,还不时会夹寄几张美丽的邮票。弗兰基把这一切都仔细地收藏起来,因为那是爸爸给自己的礼物。尽管在弗兰基的记忆中,爸爸的形象是模糊的,但是,他爱他,并由此而爱上了大海。不愿用语言表达出来的话常常会通过一纸信笺向爸爸一吐为快。

弗兰基开始到当地的小学上学了。原以为他是个聋儿，会有些障碍，但聪明的弗兰基很快就让自己融入新的同学中。他出色的地理成绩让同学和老师对他刮目相看。弗兰基明白，是爸爸的来信让他熟悉了全世界。在他卧室的一面墙上，一面面小红旗几乎插遍了世界航海地图上的港口城市，那是爸爸在信中告诉他自己的所到之处。他期盼着爸爸所在的大船有一天能停靠在这个小城。他猜想，妈妈带着自己和外婆搬到这小城来就是为了等爸爸。

妈妈的谎言

弗兰基虽然很聪明，但是，大人的世界毕竟还有他不能理解的地方。他没有想到，他所有收到的爸爸的来信全都出自妈妈莉兹的手笔。他也不知道，伴随着他成长的搬迁生活全是因为母亲为了躲避他暴虐成性的爸爸，让他有一个健康的成长环境。莉兹每隔两周就去格拉斯哥的邮局取弗兰基给爸爸的信，然后，来到图书馆，给儿子回信。原本只是为了让弗兰基感觉到他仍有个爱他的父亲，但渐渐地，她从信中读到了儿子向父亲展示的内心世界，因此，读儿子的信和给儿子写信成了她生活中的一部分。

为了生活，莉兹在小店里找了一份工作。小店的女店员玛丽主动地关心着他们。虽然她不知道莉兹为什么会带着聋儿和老母来到这儿，但她明白，莉兹一定有迫不得已的苦衷。

弗兰基的同学里奇给了他一张从报纸上撕下来的新闻，上面登载着一条消息："阿克拉号"即将在霍瓦特港靠岸。"阿克拉号"，那不是爸爸所在的那条船吗？里奇猜测弗兰基的父亲已经离开了他们，打赌他父亲不会来看他："我用所有的纸牌跟你打赌，你爸爸不会来。"弗兰基不能容忍里奇说他是个没有父亲的孩子！可是，在他给父亲的信中，分明流露出对父亲来看望自己的期盼，看到了弗兰基的这封信，莉兹陷入了无措的境地。她做梦也没有想到，世界上居然真的有自己随口告诉儿子的那艘船,而那艘船居然又恰巧会来到这个地方。难道自己倾注无数心血编织的故事就此终结了？这对于一个孩子来说又是何其残酷的现实！

为了把故事继续编下去,莉兹想出钱为弗兰基找一个"没有过去,没有现在,也没有将来"的"爸爸",可在这人生地不熟的地方,到哪儿去找这么个人呢？她想到酒吧去碰碰运气,却差点被误以为是妓女。莉兹虽然深感屈辱,但为了儿子,她又能怎么样呢？好在玛丽看出了莉兹的难处,主动帮助了她。

"阿克拉号"上的"爸爸"

在一家咖啡屋,莉兹有些心神不定地走了进来。她惴惴地打量着四周,不知道玛丽介绍的那个男人来了没有。"是莉兹·莫里森？"一个男人的声音。莉兹受惊般地抬起头,一个男人站在她的面前:高大而英俊。莉兹把一沓弗兰基寄给父亲的,以及自己最近写的一封信交给了他。"那上面的邮戳是苏格兰的。"那男人一眼发现了问题。"是的,我告诉他所有信件都会在那儿集散。"莉兹早就想出了对儿子解释的办法。那男人问了莉兹几个必要的问题后,便收下信件和弗兰基的照片,离开了咖啡屋。

"阿克拉号"进港了,弗兰基还没有得到爸爸是否会来看他的确切消息,看来,见爸爸已经无望了。他独自一人来到海边,望着大海黯然神伤。玛丽把弗兰基带回了家。进门看到一个高大的男人站在自己的面前,听妈妈说那男人就是自己的爸爸,弗兰基不相信地打量着他,那目光是陌生的。"我有礼物给你。"那男人拿出了一本关于海洋鱼类的书籍。

弗兰基的眼睛一亮：那正是他最喜欢的书。他怎么会知道自己喜欢这本书呢？弗兰基不解。"这是你信中提到过的。"那男人告诉他。弗兰基一扫脸上的陌生和怀疑，展开笑容，欢快地扑进了"爸爸"的怀抱。他不再怀疑，他，就是自己的爸爸。对于弗兰基的反应，莉兹有些不敢相信，那男人也在短暂的手足无措后有些感动地抱住了这个素不相识的"儿子"。

弗兰基骄傲地带着"爸爸"来到足球场上，并带着照相机，他要拍下里奇吃惊的表情。里奇输了，只能掏出自己的纸牌交给弗兰基。

在"爸爸"身边的弗兰基显得那样兴奋与活泼，他甚至有些炫耀地向别人介绍他的"爸爸"。看到儿子如此开心，莉兹的心情不知是欣慰还是惆怅。一天在不知不觉中很快过去了。"爸爸"也在这一天中迅速喜欢上了这个孩子，他愿意第二天再花半天时间来陪这个孩子，同时，让莉兹与他们同游。

第二天下午，弗兰基早早拉着母亲来到码头。"今天听你的，你说，去哪儿？""爸爸"问弗兰基。弗兰基一手拉着"爸爸"，一手拉着妈妈，把他们带到了自己常去的海边，然后，去吃冰淇淋。傍晚，他们来到一家舞厅。舞场里欢快的舞曲、热烈的气氛让每一个人都洋溢着热情。看着"爸爸"拥着妈妈跳舞，弗兰基笑了。那是他期盼已久的景象。回家的路上，莉兹的心情非常好。长久以来，为了躲避恶魔般的丈夫，为了儿子的健康成长，她已经压抑得太久太久了。看着弗兰基快乐的背影，莉兹忽然有了一种想倾诉的感觉。那男人也很想知道，"弗兰基的父亲为什么会撇下你们孤儿寡母"？"不是他撇下我们，是我离开了他。"莉兹的回答显然让那男人感到奇怪。她告诉了他自己漂泊生活的原因："弗兰基不是天生就聋的，而是被他的父亲打的。"那男人明白了一切。一个柔弱的女人愿意为了孩子而选择这样的生活，这让他深深感动，并由衷地钦佩莉兹的勇气和爱心。

深夜时分，当那男人和弗兰基告别时，弗兰基忽然开口说话了："你会回来吗？"那男人惊异于弗兰基再见自己的渴望，但他不能给他明确的答复,因为这不取决于自己。当得不到"爸爸"的明确答复时,弗兰基拿出了自己用木头雕刻的海马送给了"爸爸",那是他看了海底生物后自己精心雕刻的。孩子的真挚和纯真让"爸爸"感动不已。他伸出自己的小拇指,与弗兰基钩在一起:"记住,弗兰基,我们是一家人。"那男人走了,在与莉兹分别时,两个人同时感到了依恋与不舍。男人把莉兹付给他的钱悄悄塞回了莉兹的口袋。

他是谁?莉兹对这个男人产生了一种好奇。她去问玛丽。玛丽告诉她,那是她弟弟。

弗兰基的亲生父亲因病而去世了,直到临死也没有改掉他暴戾的脾气。莉兹终于可以与动荡的生活告别了。经过格拉斯哥邮局时,一个邮局职工又交给莉兹一封信,还是弗兰基写的。弗兰基不是已经知道父亲去世了吗?怎么还会写信?莉兹有些疑惑。当她打开那封信时,她找到了答案:儿子已经知道那故事背后的一切。儿子对自己的理解和爱,让莉兹感到由衷的欣慰。

还是在海边,莉兹和弗兰基并肩坐在一起,没有语言,只有心与心的交流。或许,他们在共同等待着一个人的再次出现……

为了一个硬币

◆文/霍革军

真正的朋友从不碍手碍脚,除非你正在走下坡路。

卡尔是新来的同事。他高大、英俊,几缕金发垂在额前,一双深蓝色的眼睛似乎能洞察一切。我们三个女孩儿在吃午饭时曾嘻嘻哈哈地谈论过他。我听说他单身,是临时工,而且和我一样还是个学生,他住在小镇的西边,也和我一样。我一直想让他注意我。

我们在芝加哥市区的药店工作。每一天都特别繁忙,因此在工作时间我几乎没有机会和卡尔说话。我打算找些借口过一会儿和他交谈,但又找不到。我不知道他是否也对我感兴趣。但他常常朝我这边看。当我们目光相遇时,他笑了笑。

我的工作是现金出纳,由于有现金出纳机,许多工作是自动化的。现金出纳机是那种一按按钮就能分配所要找零钱的装置。而收银员的职责是看着所有硬币槽被填满。这天,在匆忙中,由于我注意卡尔分了心,硬币兑换机被填得不均匀,一个硬币槽先于另一个空了。我没有注意到,等我发现是怎么回事后,我欺骗几位顾客说没有零钱了。但没有一位顾客在意。事实上,很少有人数他们的零钱。

下班时,我环顾左右寻找卡尔,但我没有看见他。我查点现金出纳机收据时,发现多出了 60 美分。是呀,我心想,这就是少给顾客的那几枚硬币,我犹豫了一下,随即决定留下多出来的这部分而不和任何人说。

第二天在现金出纳机前,我按照经理的指示把硬币槽填满。过了一会儿,当硬币槽空了时,我决定只填满其中一个——只想看看是否有人注意到。在接下来的几个小时里,顾客来来往往,但没人注意我给他们的零钱少了。也就是说,没有谁发现我的小聪明,但除了英俊的卡尔。

“嘿,帕蒂,”他说,“你的一个硬币槽空了。”“哦。”我笑了笑。我把手伸进抽屉摸索另一捆硬币。卡尔走了。他走后,我把那捆硬币又放回抽屉。那天晚上结账时,我赚了 3 美元——足以支付我午饭钱了。没有人来投诉。

我告诉自己我的行为不算偷。我已经想好了,如果有人抱怨,我就做出一副惊讶状,说:“哦,一个硬币槽空了。”然后,我会把少找的硬币交给顾客。毕竟我也需要钱呀。我认为自己并没有伤害任何人。不数零钱的人肯定不需要它。我结完账后,环顾商店寻找卡尔,但他已经走了。

第二天,几乎刚上班,我就让一个硬币槽空着。顾客来来往往只有一次有人说："小姐，我的零钱不对。"于是我迅速弥补了自己的错误。

那天晚些时候，卡尔走过来。"你今天好吗？"他问。

"很好。"我对他笑了笑。我不知道他是否要请我出去。

"你的硬币槽又空了。"他说。

"哦。"我把手伸进抽屉找硬币。我正在纳闷，卡尔又说道："偷窃的方法有许多种。故意错误设置现金出纳机便是其中一种。"

我感到脸在发烧。我把目光移开。我曾认为他喜欢我。可他的声音很严厉，几乎是苛刻的。我很讨厌他这么说。

"我们也许能愚弄顾客，"他说，"也许还能愚弄经理，但我们决不能愚弄我们自己。"接着，我感到很后悔。我欺骗自己说那不是偷，但我确实是在偷。

我想让卡尔注意我，但他那天再也没有对我笑，甚至没有朝我这边看一眼。我不知道他是否会去告诉经理。我甚至考虑辞去工作。

下班的时候，我把多出来的钱上缴了。卡尔肯定没有说什么，因为经理很惊讶。"我的一个硬币槽空了，"我说，"以后我将会更小心。"经理点了点头，没有说什么。

离开大楼时，卡尔就在我的前面。他正匆匆奔向一辆公共汽车。也许他想避开我。我放慢脚步，我咬了咬嘴唇。突然，一股巨大的悲哀袭上心头，他不是卑微的临时工，他说得对，我错了。无论如何偷窃是不对的。

卡尔帮了我一把。我内心告诉自己，我应该告诉卡尔并谢谢他。我知道如果我这么做了，我们会合作得更加愉快。我追上去，赶上了他。"卡尔，"我拍了拍他的肩膀说，"我错了。谢谢你纠正了我的错误。"

他似乎对我的话很惊讶，他靠在护栏上，定定地看着我。我再次窘迫了。他最后只说了一句："很好。"

我听见汽车驶离车站的声音。我耸了耸肩，沿台阶而上。上到楼梯的一半时，我感到肩膀被人拍了一下。我一转身，是卡尔，他一脸笑容。

"想去喝可乐吗？"他的声音盖过汽车的轰鸣。